KB150597

# 울림이 있는 숲

自作나무들의 성장이야기

울림이 있는 숲

**초판 1쇄 인쇄_** 2017년 7월 17일 | **초판 1쇄 발행_** 2017년 7월 24일
**지은이_**마음이 자라는 自作나무반 | **엮은이_**임장미
**펴낸이_**오광수 외 1인 | **펴낸곳_**꿈과희망
**디자인 · 편집_**김창숙, 박희진 | **마케팅_**김진용
**주소_**서울시 용산구 백범로 90길 74, 대우이안 오피스텔 103동 1005호
**전화_**02)2681-2832 | **팩스_**02)943-0935 | **출판등록_**제2016-000036호
**e-mail_** jinsungok@empal.com
ISBN_979-11-6186-002-2   43810
※ 책 값은 뒤표지에 있습니다.
※ 새론북스는 도서출판 꿈과희망의 계열사입니다.
ⓒPrinted in Korea. | ※ 잘못된 책은 바꾸어 드립니다.

# 울림이 있는 숲
## 自作나무들의 성장이야기

마음이 자라는 自作나무반(대전가양중학교) 지음 | 임장미 엮음

꿈과희망

# 누구나 울림을 가진 나무가 될 수 있다

당신이
사막이 되지 않고 사는 것은
누군가 당신의 가슴에
심은 나무 때문이다.

_ 양정훈의 《그리움은 모두 북유럽에서 왔다》에서

소셜네트워크에 실시간 글을 올리고 댓글로 대화를 나누는 요즘 아이들에게 책쓰기란 어쩌면 부담스럽고 어려운 일일지도 모른다.

그러나 담는 그릇의 차이일 뿐, 자신의 생각을 표현하고 다른 사람과 공유할 수 있다는 점에서 책쓰기는 또 하나의 대화의 창이다.

교직생활을 하다 보면 학교에서 매일 만나는 아이들도 어떤 생각을 하고 있는지, 어떤 꿈을 꾸고 사는지 도무지 알 수 없을 때가 많이 있다. 수업과 과제로 시간을 쪼개며 사는 아이들에게 진솔한 대화의 시간이란 사치라고 생각될 수도 있다.

그런 의미에서 책쓰기란 학업 스트레스와 성장통을 앓고 있는 청소년들에게 돌파구이자 삶의 위로가 되어 줄 수 있을 거라 생각한다.

책쓰기는 서로를 이해하고 소통할 수 있게 해주는 다리이며, 마음속 이야기를 나눌 수 있는 든든한 친구가 될 수 있기 때문이다.

두 해 동안 책쓰기 동아리를 운영하고 있으면서 여전히 시작 전에는 '우리 아이들이 과연 책으로 만들 수 있을 만큼의 멋진 글을 쓸 수 있을까' 라는 고민과 걱정이 앞서는 것은 사실이다. 하지만, 책쓰기 활동을 하면서 아이들이 성장하는 모습과 그 아이들의 표정에서 우리 아이들도 할 수 있다는 희망을 읽으며 다시금 행복을 느낀다.

아이들은 그 자체로 책이었다.

자신의 꿈을 담은 소설, 숨겨왔던 아픈 과거를 고백하는 에세이, 세상을 바라보며 쓴 시, 친구와의 우정이야기 등 아이들의 꾸밈없고 솔직한 이야기들은 어느새 큰 울림이 되어 감동을 주었다.

책쓰기는 결코 어려운 것이 아니다.

누구든지 내면의 목소리를 들려주는 글을 쓸 수 있으며, 감동과 웃음을 줄 수 있다.

우리 모두가 울림을 가진 나무가 될 수 있는 것이다.

이 책을 펴기까지 힘을 불어 넣어주신 학교 선생님들께 감사를 드리고, 1년 동안 즐거운 마음으로 책쓰기에 열심히 참여해 준 우리 '마음이 자라는 自作나무반' 아이들에게도 고맙다는 말을 꼭 전하고 싶다.

앞으로도 이 아이들의 글이 희망의 울림이 되어 다른 숲으로 계속 퍼져 나가길 바란다.

책쓰기로 행복을 배우는 교사 임장미

차례

# 나는
# 아름답다

박주미

# 1

집에 있을 때는 유난히 크던 손목시계의 초침소리가 버스에 타니까 더 이상 들리지 않는다. 시끄럽고 바쁘고 북적였다. 창밖에는 앞 차들의 헤드라이트와 전광판만이 눈이 부실 만큼 빛을 뿜어대고 있었다.

나도 저만큼이나 빛나고 싶다.
반짝이는 사람이 되고 싶었다.

그리고 그렇게 되리라고 믿었었다. 어렸을 때는 밝고 붙임성도 좋고 잘 웃었고 어떤 누구에게도 미움 받은 적이 없었다. 세상이 꿈이 아닐까 싶을 정도로 행복했었다.

그 시간들은 꿈이었나보다. 난 꿈속에서 살고 있었나보다.
꿈에서 깨니까 한순간에 모든 것이 달라져 있었다. 몇 만분의 일의 확률은 처음부터 나를 향해 있었다.
그게 나라니. 왜 나인 거지. 그 일이 일어나고 나서 나의 과거를 돌이켜 봤다. 열두 살짜리 애한테 전과가 있을 리가 없다. 전생이라도 알려주면 억울하지는 않을 것 같은데. 나라라도 팔아먹었나 보다.

그 일이 있고 나서 평범 이하의 삶을 살아가게 되었다.

난 평범해지고 싶다.

그냥 빛나는 사람이 되지 않아도 좋으니까 어둠이라도 걷어내고 싶다. 나에게 벌어진 일과 나 자신의 망가진 모습을 인정할 수밖에 없었다. 현실이니까. 계속 꿈속에서 살 수 없었다. 현실에서 벗어나려고 계속 잠을 잤다. 영원히 잠들어 버릴 방법들을 계속 찾았는데 내 곁에 나만 보고 살아가는 사람이 있어서. 내가 무너지면 같이 무너질 사람이 있다는 것을 알아서. 꿈속에서 날 반겨줄 사람이 없어서.

그래서 살기로 했다.


사회는 평범 이하의 사람에게 더 차갑다. 평범한 사람에겐 무관심하고 평범 이상인 사람에게 따뜻하다. 난 평범 이하의 사람이므로 차가운 사회 속에서 살아가게 되었다. 동정과 혐오와 무시의 시선을 열두 살에 봤다. 난 죄인이 아니니까 고개를 숙이지 않으려고 했다. 시선이 무서웠다.

그 속에 담긴 생각이 읽혀지는 듯했다. 그들의 눈동자를 보지 않으려고 고개를 숙였다. 고개를 숙이면 망가진 내 손이 보였다.

내가 불쌍했다.


잠을 더 자고 싶었다.


사람들은 자신이 제일 불행하다고 생각한다고 한다. 그리고 그 불행을 잊기 위해서는 더 큰 불행을 겪고 있는 사람을 봐야 한다. '저 사람은 저만큼이나 불행한데 그에 비하면 난 행복한 거야.' 이렇게 생각하면서 자신의 불행을 잊는다. 내가 만나 본 사람 중에서는 나보다 불행한 사람은 없었는데 그럼 나와 만난 사람들은 나를 보며 자신의 불행을 잊었을까? 속으로 우월감을 느꼈을까? 그런 데에 내 얼굴과 내가 겪은 일들을 팔아먹고 싶지는 않았다. 그들에게 보여주고 싶었다.


당신이 동정의 눈길을 보낸 그 사람을<br>이젠 동경하게 될 거라고.

성공해야 했다. 다른 방법이 없었다.

내가 평범으로 돌아오려면 성공해야 했다. 괴물에서 인간이 되기까지 걸리는 시간이 까마득했다. 완전한 인간이 될 수 없기에. 예전의 삶을 되찾지 못하더라도 그보다 더 좋은 삶을 미래에서 살아갈 수 있다고 생각했다. 성공하는 길.

나에게 주어진 방법은 공부였다. 공부만 했다.

다른 재능을 찾을 시간조차 아까워서 다 공부에만 쏟았다. 이게 맞는 길인지 고민할 겨를조차 없이 공부를 했다. 그렇게 마음을 다 잡았다. 그 일이 있고 일 년이 그렇게 흘렀다. 그 일 년 동안 그래도 살아야겠다고 성공하겠다고 열심히 했던 열세 살의 내가 대견하다.

학교를 다시 다니기 시작했다. 초등학교 6학년 때였다. 적응하기 진짜 힘들었다. 뒤에서 나에 대해서 하는 말도 다 들었다. 어른들의 시선보다 아이들의 시선이 더 두렵다. 그들은 거침없다. 겁도 없다. 필터로 걸러내지 않고 그대로 내보낸다. 솔직했다. 숨김이 없었다. 그리고 영악하다. 머리가 크니까 더 좋은 장난감이 필요했다. 로봇, 인형, 보드게임은 시시했다. 즉각 반응을 보이고 감정도 있고 살아 움직이는 장난감이 필요했을 뿐이다. 그때부터 나에게 피해의식이 생겼던 것 같다. 뒤에서 어떤 사람이 웃거나 작은 소리로 소곤거리면 다 나에 대해서 비웃는 것 같다. 신경이 곤두서고 수치스럽고 이런 생각을 하는 내가 비참해서 싫었다.

그래도 어떻게 친구가 생겼다. 그건 아마 내가 일등을 해서일 것이다. 할 수 있는 게 여전히 공부밖에 없더라. 그래서 공부만 했더니 일등을 했다. 아이들이 모르는 걸 물어봐서 답해 줬다. 그랬더니 어느새 친구가 생겼다. 다행이라고 생각했다. 장난감은 되지 않아서. 항상 웃었다. 조금이라도 밝아 보이려고. 어둠은 뒤에서 여전히 날 맴돌고 있다. 평생 지워지지 않을 그 얼룩을 안고 살아가야 할 것이다. 그래도 평범 이하는 평범 이하일 뿐이다. 항상 웃고 질문에 친절하게 답해 주고 그러니까 만만했나보다. 부탁이 하나 둘 늘어나기 시작했다. 다시 바뀔 시선이 무서웠다. 그래서 다 들어줬다. 다 들어주면 더 많은 부탁이 쌓인다.

악순환의 시작이었다.

# 3

중학생이 되었다. 거절하는 법을 배우고 싶다.

어떤 애는 내가 필기한 공책을 다 찍어서 보내달라고 한다. 어떤 애는 숙제만 있으면 나한테 다 물어본다. 그리고 공지사항까지 죄다 물어본다. 어떤 애는 과외를 해달란다. 수정테이프를 빌려달란다. 그냥 공부 잘하는 게 죄다.

처음 시작은 모르는 문제를 가르쳐 주는 것이었는데 어쩌다 이렇게 되었을까. 난 거절을 못한다. 거절을 한 후에 상대방의 시선이 두려웠다.

혹시 그 시선이 내가 열두 살에, 그 일이 있고 난 후에 처음으로 받았던 시선일까 봐. 그런 것들에 이미 익숙해지고 단단해졌다고 생각했는데 아니었나 보다.

아직도 꿈을 꾼다.
그 일이 있기 전에 나를.
시선에 얽매이지 않던 나를.

다른 사람들은 내가 공부를 잘하는 이유가 머리가 좋아서 라고 알고 있는데 그건 절대 아니다. 위에서도 말했듯이 평범해지려면 성공을 해야 했고 성공을 하려면 공부를 해야 했다.

난 평범 이하의 사람이니까 어쩔 수 없다. 공부만 죽도록 한다.
정말, 평범한 사람들은 잘 모른다. 평범 이하의 사람의 피나는 노력들을. 남들보다 몇 배로 시간을 투자하고 몇 배로 읽고 쓰고 그렇게 해서 완성된 성적표들. 만족에 미치지 못한다. 내가 투자한 시간에 비하면 어이없게 실수한 문제들이 너무 많다. 그렇다고 이 말을 밖으로 내뱉으면 다른 친구들에게 몰매당하기 십상이다.

다른 친구들이 공부한 시간과 내가 공부한 시간을 비교하면 나의 시간이 월등하게 많을 것이다. 그들이 나와 똑같은 시간을 공부한다면 그들과 나의 성적은 비등비등 할 것이다. 아니 어쩌면 나보다 더 좋을지도 모르겠다.

난 머리가 좋지 않으니까. 머리가 좋지 않아서 몸이 고생이 많다. 잠도 못 자고. 삼년만 더 참자.

고등학교 대비를 위해 학원을 다니기 시작한 지 벌써 두 달여 째이다. 끝이 보이지 않는 쳇바퀴 속을 굴러다니는 기분이다. 학교 끝나면 밥 먹고 학원가고 학원 갔다 오면 벌써 열한 시. 학원에 가지 않는 날은 학원숙제. 학원숙제 다 끝내놓으면 수행평가. 매일매일 이런 식이다. 학원에는 아는 사람도 없고 가는 데만 버스타고 삼십여 분이다.

나는 새로운 것에 익숙하지 않다. 오랫동안 보고 온 것들이 편하고 좋다.

학원은 나에게 새로운 곳이다. 내가 살고 있는 곳에서 정 반대편에 있는 곳. 우리 집에선 밤에 풀벌레 소리가 들리는데 그곳에서는 도로에서 끊임없이 질주하는 차들의 소음이 들린다. 밤늦도록 사람과 불빛이 끊이지 않는 곳이다. 높은 빌딩들. 반짝거리는 네온사인들을 몇 개씩이나 주렁주렁 달고 있다. 어두운 밤을 밝히고 있는데도 그 밑에는 거대한 그림자가 져 있는 것 같다. 그 아래에서 집에 가는 버스를 기다리는 나는 춥다. 평생 이곳이 익숙해지지 않을 것만 같다.

# 4

새로움. 새로운 것.

위에서 말했듯이 난 새로운 것을 싫어한다. 언제부터였을까. 아마 굳이 따지자면 내가 열두 살 때. 생각해 보면 난 그때 처음으로 인생에서 가장 중요한 선택을 했던 것 같다.

복불복이었다. 난 어려서 따져보지도 않고 '새로운 것'을 택했다. 처음에는 좋았다. 새로운 집, 새로운 학교, 새로운 친구들. 그때에 나는 평범했기에 자연스럽게 새로운 것에 섞일 수 있었다. 오래된 것들이 가끔 생각났지만 새로운 것이 더 빛나보였기에 곧바로 잊어버렸다.

빛은 밤이 되면 사라진다.
새로운 것이 보여주었던 찬란한 빛도 밤이 되자 사라졌다.
암흑.
내가 손을 놓아버린 오래된 것들을
다시 나의 손을 잡아 주지 않았다.
새로운 것은 이미 나를 떠났고 난 암흑 속에 갇혔다.

다시 또 새로운 삶이 왔다. 이번에 나를 찾아 온 새로운 것은 빛이 나지도 아름답지도 않았지만 선택권이 없었다. 암흑에서 벗어나려면. 새로운 것의 손을 잡고 암흑 속을 달렸다. 희망은 있지만 출구는 보이지 않는다. 희망 하나로 끝없이 출구를 찾아나가는 중이다. 빛을 봐야지. 빛을. 내 인생도 빛을 봐야지. 오로지 이 생각뿐이다.

내가 손을 잡았던 '새로운 것'은 이제 '익숙한 것'이 되었다. 곧 나를 떠나 '오래된 것'의 곁에서 내가 기억하기를 기다리고 있을 것이다.

또 '새로운 것' 이 찾아온다. 또 다시 주어진 선택권. 새로운 것들 중 하나를 고르라고 한다. 선택에 실패했던 사람은 다시 찾아 온 선택권에 신중해진다. 다시 실패하지 않으려고. 앞으로 어둠 속에서 길잡이가 되어 줄 '새로운 것' 을 선택해야 한다. 선택 뒤에는 '새로운 것' 에 내가 녹아들어야 한다. 새로운 학교, 새로운 교복, 새로운 친구, 새로운 선생님들, 다시 맞이하게 될 새로운 것들에 녹아들어가서 내가 할 일을 하면 된다. 말이야 쉽지 그 과정은 생각보다 어렵다. 특히 나 같은 경우는.

## 열두 살에 처음 봤던 그 시선들.

그 시선들을 다시 많은 사람들에게서 받아야 했다. 처음 봤을 때의 첫인상으로 사람을 평가하는 경우가 많은데 난 그 첫인상이 진짜 싫다. 첫인상은 '첫눈에 느껴지는 인상' 이다.

여기서 인상은 印象 즉, 어떤 대상에 대해서 마음에 새겨지는 느낌을 말한다. 하지만 대부분의 사람들이 보는 인상은 人相 즉, 사람 얼굴의 생김새일 것이다.

처음에 만났을 때 보는 것은 결국 사람의 외적인 것이다. 외적인 것에서 내적인 면을 추측하고 추측한 결과가 첫인상이 되는 것이라고 생각한다. 여러 번 만나고 대화를 나누어야만 그 사람의 내면이 보이고 그 사람의 진정한 아름다움이 보이는데 첫인상 하나 가지고 그 사람을 평가하는 것은 옳지 못하다. 외적인 아름다움은 세월이 지나면 시들기 마련이다. 하지만 내적인 아름다움은 세월이 갈수록 더 만발한다. 그 이유는 힘들었던 일을 견뎌낸 의지와 흘렸던 땀방울, 행복했던 순간들, 타인을 향해 쏟은 배려와 나눔, 사랑들이 시간이 갈수록 점점 더 늘어나기 때문이다. 일시적인 외적인 아름다움보다 평생의 내적인 아름다움을 볼 수 있는 사람이 많아졌으면 하는 바람이다.

# 5

오랜만에 다시 글을 쓴다. 중간고사가 끝나고 거의 3주 만이다. 그동안 생각했던 얘기들이 아주아주 많은데 제 때에 메모를 하지 못해서 까먹은 것이 안타깝다. 중간고사 기간 동안 엄청나게 힘들었다. 원래 한 4주 정도 계획을 잡고 공부를 하는 편인데 학원을 다니는 바람에 2주 만에 벼락치기로 공부를 하게 되었다. 정말 정신없었다. 시간을 쪼개고 쪼개서 학교 쉬는 시간에 노트 정리를 하고 암기를 하고 학원가는 버스 안에서도 공부를 하고.

꼭 그렇게 힘들고 시간도 없을 때 좋은 주제가 생각나곤 한다. 타이밍 못 맞추는 내 머리가 밉다.

## '글'은 내 삶에서 중요한 부분이다.

어렸을 때부터 책읽기를 좋아했다. 어렸을 때 엄마가 들려준 그 책 속의 단어들, 그 구절. 높으면서도 낮고 각지면서도 둥글게 이어지는 글자들. 그 모든 것들이 신기하고 재미있고 다른 장난감처럼 질리지도 않았다. 새로운 책들을 계속 접했다. 피터팬, 백설공주, 정글북, 미녀와 야수, 어린 왕자, 흥부와 놀부, 선녀와 나무꾼, 이상한 나라의 앨리스. 예쁘고 환상적인 이야기들. 그런 이야기를 들으면서 주인공이 된 나를 상상했다.

그리고 새로운 이야기들을 만들었다. 피터팬이 나이가 들고 웬디가 영원히 늙지 않는 이야기, 마녀가 백설공주보다 예쁜 이야기, 인어공주가 사람이 되어서도 말을 하는 이야기, 선녀가 하늘로 다시 가고 싶어하지 않는 이야기 등등. 그런 이야기를 다시 만들어내어서 마음에 들지 않는 결말을 새로 지어내고 조연들을 주인공으로 승진시켜주었다.

글을 처음 쓴 것은 초등학교에서 일기를 쓸 때였다. 매일매일 똑같은 일상을 일기로 쓰라는 자체가 마음에 들지 않았지만 그래도 쓰긴 열심히 썼다. 항상 분량 채우기에만 급급하고 진심이라곤 손톱만큼도 없는 글이었다.

'오늘은'으로 시작해서 '재미있었다'로 끝나는 영양가 없는 글. 그때는 글을 쓰는 것이 학원가는 것보다도 싫었다.

그러다 교과서에서 나온 '시'를 보게 되었다.

시는 처음으로 글쓰기에 재미를 알려주었다. 노래와 비슷한데 노래보다 더 깊은 뜻을 가지고 있었다. 짧지만 긴 여운이 남는 글들이었다. 시가 멋있다고 생각해서 어떤 주제로든 시를 지었다. 연필이면 연필, 지우개면 지우개. 그때 우연찮게 백일장에 나가게 되었는데 '겨울'을 주제로 쓴 시가 당선이 되었다. 글에 대해서 본격적으로 흥미를 가지게 된 계기가 되어서 지금까지도 줄곧 글을 써오게 되었다.

사실 글쓰기에 엄청난 재능이 있다고 생각하지는 않는다. 그저 힘들 때 털어 놓을 곳이 없어서 흰 여백에 각진 글자들로 나의 분노들을 까맣게 채우고 기쁜 일이 있을 때 그 순간을 기억하려고 아름다운 단어들로 기분을 표현하는 것뿐이다.

글은 나에게 있어서 친구이다. 가장 좋은 친구.

힘들 때 빛을 보여 준 친구. 희망을 준 친구.


그 일이 있기 전엔 장래희망이 글을 쓰는 사람이었다.

그리고 그렇게 될 거라고 생각했다. 하지만 그 일이 있고 나서 난 필사적으로 공부에만 매달려왔다. 성공하려고.

현실적으로 글을 써서 성공할 수 없다고 생각했다. 그러다 백일장에 나가게 되었다. 상이라도 받아서 내신 점수나 올리려고 나갔던 대회다. 그런데 글을 쓰다보니까 재미있었다. 완성된 작품을 보고 내심 뿌듯해 했는데 은상이라는 좋은 결과가 나왔다.

그 이후로도 교내와 교외를 가리지 않고 계속해서 글짓기 대회들에 참가했다. 장려상, 금상, 은상 가리지 않고 다 받아보고 꽤 많은 상금도 받게 되었다. 그 덕분에 나는 많이 밝아졌고 그 일이 있기 전의 나를 글을 쓸 때만큼이라도 찾을 수 있게 되었다.

'글'이라는 친구는 처음 나를 만났을 때부터 계속 나를 주시하고 있었나보다. 난 그를 버렸는데 다시 찾아와서 빛을 주었다. 오래 전부터 항상 고맙다. 나는 평생 기쁠 때나 슬플 때나 우울할 때나 행복할 때나, 언제나 글을 쓰고 싶다.

# 6

어느덧 시월이다. 시월은 그 일이 있었던 달이다. 아마 평생 동안 날 괴롭힐 가장 끔찍했던 일. 난 화상환자다. 대충 그 일이 무슨 일인지 짐작할 수 있을 것이다. 신체적으로는 20%가 손상되었지만 내 마음은 다 타들어서 재가되었다. 거의 모든 것을 잃었다. 가족도 잃고 얼굴도 잃고 내 남은 인생을 전체로 잃어버렸다.

병원으로 호송되고 일주일정도 수면제에 취해 있었다. 난 그때 꿈을 아주 자주 꿨는데 꿈에서 깨기 바로 직전에 내가 다친 것을 암시하는 장면들이 자꾸 나왔다. 붕대로 감겨진 팔과 다리와 같은 것들. 무서웠다. 진짜일까봐.

대전병원에서 서울병원으로 옮겨지고 난 후에는 수면제를 더 이상 투여하지 않았다. 그게 더 끔찍했다. 매일 아침에 받는 치료들. 그 고통을 그대로 느껴야 했다. 중환자실에 있어서 아침, 점심, 저녁으로 세 번만 엄마를 만날 수 있었다. 그 구십 분이라는 시간 외에는 아무도 만날 수 없었고 움직일 수도 없었다. 그래서 남은 시간 동안 천장을 보면서 창문을 뛰어내리는 시뮬레이션을 머릿속으로 계속 진행해 보았다. 천장을 보고 계속 생각했다.

걸을 수 있을 때가 오면 그때 뛰어내리자.

어렸지만 다 알 수 있었다. 누구를 더 이상 볼 수 없는지. 엄마는 굳이 말을 꺼내지 않았지만 이미 짐작은 할 수 있었다. 엄마 혼자서 장례식을 다 치르고 보험과 재판까지 해결해야 했다. 나까지 힘들게 할 수 없어서 엄마 앞에서는 울지도 않았고 밥도 잘 먹었다.

엄마에게 사는 이유는 나였다.
그래서 뛰어내리는 시뮬레이션을 그만두었다.


난 그 일에서 살아남은 사람이다.
희생이 있었기에 지금의 나의 삶이 있는 것이다.


그렇기에 힘든 일이 있어도 버텨야 했다. 포기하고 싶을 때가 많다. 시간이 지날수록 더 힘든 일도 많아지고 더 큰 산들이 나를 기다리고 있을 때가 있다. 난 두 사람을 대신해서 살고 있다. 내가 죽는다면 그들이 한 희생은 누가 알아봐줄까. 그래서 더 열심히 살고 그 두려워하는 시선을 버티면서 살고 있다. 내가 절박한 이유다. 내가 살아가는 원동력이다. 그래서 난 포기하지 않는다. 될 때까지 할 것이다.

## 작가의 말

벌써 마지막 단락이다. 마감이 얼마 남지 않아서 얼마나 더 쓸 수 있을지 모르겠다. 이 책에서 나의 부분은 아주 적겠지만 나에 대한 모든 것들이 다 여기 담겨 있다.

이 책에서 나의 부분은 끝나더라도 난 계속해서 이어서 쓸 생각이다. 사실 이렇게 길게 작품을 써 본 것은 처음이다. 이때까지 고작 원고지 열 장 정도 만 써봤던 내가 이렇게 길게 쓰다니! 대단하다.

원래 나는 에세이가 아닌 소설을 쓰려고 했다.

그런데 막상 시작하려고 하니까 막막하더라. 뭘 써야 할지도 모르겠고 어떻게 전개해야 할지도 모르겠고 대화를 어떻게 해야 할지도 모르겠어서 의욕 만 충만했던 내가 한심하게 느껴졌다. 이대로는 한 줄도 못쓰겠다 싶어서 아예 내용과 주제를 다 갈아엎고 오직 나만의 이야기를 쓰게 되었다.

내가 느꼈던 것들, 내가 겪었던 것들을 썼다.

사람들에게 이야기하지 않았던 어두웠던 부분들도 많이 있다. 사실 글은 살짝 우울하지만 실제로는 잘 웃고 쾌활한 편이다. 날 알고 이 글을 읽는 사람은 의외라고 생각할지도 모르겠다. 원래의 내 모습과는 많이 달라서.

글을 쓰면서 많은 것을 느꼈다. 내가 잊고 있었던 것들 내 안의 재능들도 보게 되었고 내가 이렇게 글을 쓰는 것에 열정을 가지고 있다는 것도 알게 되었다.

이렇게 글을 쓸 수 있는 계기가 주어지게 되어서 행운이라고 생각한다. 이 해하기 힘든 내용이었을지도 모르겠다. 그냥 떠오르는 대로 적은 글이라 두서가 없을지도 모르겠다. 그냥 '나' 라는 사람이 열심히 살고 있다는 것만 알아주었으면 좋겠다.

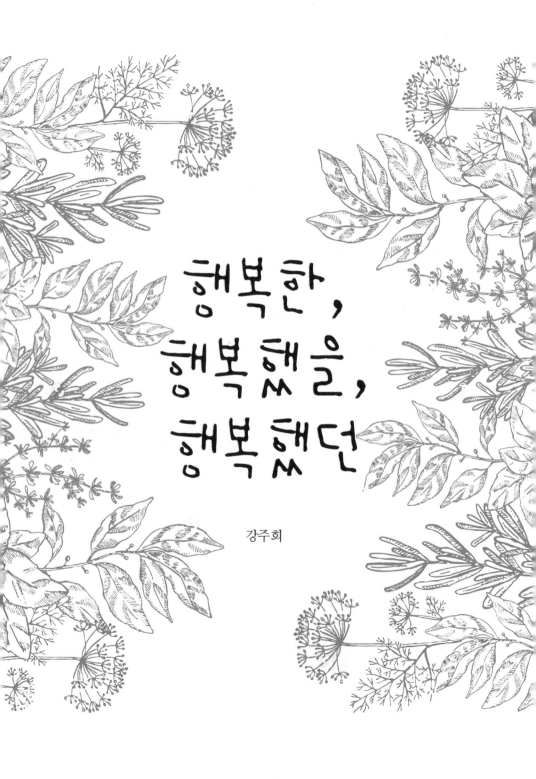

행복한,
행복했을,
행복했던

강주희

## 프롤로그

내 앞자리의 할머니가 오늘 돌아가셨다.

옆에서 울고 있는 할머니의 가족들의 곡소리가 병실에 울려 퍼졌다.

어제까지만 해도 괜찮았던 사람이 이렇게 죽을 수도 있구나, 싶어 마음이 시큰했다.

나도 내일이 마지막일 수도 있구나.

횅한 내 앞자리를 쳐다보다가 이내 창문으로 시선을 옮겼다. 산들거리는 봄바람에 나뭇잎들이 흔들렸다.

# 1

"민준아!"

누군가가 나를 흔들어 깨웠다. 누군가 싶어서 옆을 보니 수액을 빼러 온 간호사 누나였다.

아마도 깜빡 잠이 들었던 모양이다.

나는 익숙하게 한쪽 팔을 걷어 간호사 누나에게 건넸다. 간호사 누나는 천천히 나에게 꽂혀 있는 바늘을 빼내었다.

아침 7시와 저녁 7시. 하루에 두 번, 2시간씩 맞는 간호사 누나의 손에 들린 포도당 주사와 비어 있는 수액 포가 눈에 들어왔다.

간호사 누나는 나에게 편히 쉬라고 한 뒤에 병실을 떠났다.

벌써 9시네. 뭔가 공허해진 기분에 자리에서 일어났다.

"어디 가냐?"

내 옆자리의 할아버지께서 물어보셨다.

"아, 그냥 뭐. 위에 옥상이나 좀……."

나는 한쪽 머리를 긁적이며 대답했다.

"그냥 앉아 있어."

나는 고개를 작게 끄덕이며 다시 자리에 앉았다.

내가 어딜 가기만 하면 옥상에 올라간다는 것을 알고 계신 할아버지께서는 내가 저번에 옥상에 갔다가 감기에 걸린 후로부터 나를 못 가게 막고 계셨다. 그냥 보통 사람들에게 감기는 괜찮겠지만 백혈병 환자인 나에게 감기는 아주 치명적이기 때문에 항상 나를 예의주시하시고 계신 듯했다.

다행히도 약한 감기여서 몸에 문제가 생기진 않았지만 그땐 정말 식겁했다. 그걸 아시는지 저렇게 걱정해 주시는 게 참 감사했다. 말투가 전혀 걱정하는 투가 아니었지만 나를 걱정하고 있다는 것을 알 수 있었다.

심심하다, 심심해.

항상 똑같은 공간에서 일어나는 똑같은 일. 이미 질릴 만큼 질린 이곳에서 심심한 열여섯 살의 내가 주로 하는 행동은 창밖을 보는 일이었다.

창밖으로 시선을 옮겼다. 풍경을 보기 딱 좋은 3층에 위치한 병실의 창문은 가장 크게 서 있는 나무를 기준으로 그 앞과 옆을 바삐 지나다니는 사람들을 비춰주었다.

나는 언제쯤 저렇게 자유롭게 바깥에 나갈 수 있을까? 나는 작게 한숨을 쉬었다. 그리고 아직도 비어 있는 내 앞자리를 바라보았다.

나에게 '급성 림프구성 백혈병'이 찾아온 것은 10살 때로 정말 급성으로 갑자기 찾아왔다. 4세에서 6세 사이에 많이 걸리는 이 병은 나를 어두운 구석으로 몰아넣었다.

백혈병에 걸린 그때부터 병원을 오가며 항암치료를 하였고 당연히 학교와는 멀어지게 되었다.

회복력이 빠른 4세에서 6세의 어린아이들은 항암치료를 몇 번만 하면 70퍼센트는 치료가 가능했지만 난 어린아이가 아니었다.

처음에는 그저 빈혈인 줄 알았다. 빈혈로 학교에서 몇 번 쓰러지고 나서부터는 알 수 없는 멍이 몸에 났다. 그리고 얼마 후에는 놀이터에서 놀다가 흙 속에 있는 나뭇가지에 찔려서 피가 났을 때, 아주 작은 상처였지만 피가 잘 멈추지 않았다. 그때는 그저 이상하다고 생각했지만 계속되는 빈혈과 골반, 허벅지의 통증에 나중에는 병원을 찾을 수밖에 없었다. 그렇게 내가 백혈병에 걸렸다는 사실을 알게 되었다.

백혈병이 뭔지 몰랐던 나에게 아빠의 표정은 백혈병이 무엇인지 설명해 주는 듯했다. 그럴 리가 없다며 울부짖던 아빠에게 의사선생님은 이상한 글자들이 난무하는 종이와 함께 피가 담긴 유리병 2개를 앞에 내려놨다. 자그맣고 기다란 유리병을 흔들며 의사선생님께서는 "이거는 민준이 혈액, 저건 보통 혈액."이라고 하셨다. 그러고는 "민준이 피가 상대적으로 조금 하얗습니다. 음, 그 이유는 앞에 놓인 종이를 읽어보시면 됩니다. 그 종이는 혈액 검사

결과고요. 잘 읽어보세요."라고 덧붙였다. 종이를 들고 파들파들 떠는 아빠의 모습은 무서웠다. 애써 괜찮다며 나를 품에 안은 아빠에게 내가 뭘 잘못한 것만 같아서 덜컥 겁을 먹었다.

치료를 하고 오면 하나둘씩 빠지는 나의 머리카락에 나는 '백혈병은 머리가 빠지는 병'이라고 생각했다. 빠지는 머리카락을 붙잡고 슬퍼한 적이 한두번이 아니었다. 하지만 내가 걸린 '급성 림프구성 백혈병'은 그저 머리카락만 빠지는 간단한 병이 아니었다는 것을 인터넷을 통해 알았다. 내가 걸린 병에 대해 더 많이 알아갈수록 그 슬픔은 짙어졌다.

그러다가 그 어린 나이의 나는 나 자신을 포기했다. 희망이라는 밧줄을 붙잡아봤자 썩은 밧줄일 것 같아서, 기대가 높으면 높을수록 밧줄에서 떨어질 때 더 아프기 때문에 처음부터 밧줄을 놨다. 그게 옳다고 생각했고 물론 지금도 그 생각은 변하지 않는다.

이 병원에는 3년 전쯤에 들어왔다. 처음에 아빠가 편히 쉬라며 1인실을 잡아주었지만 아빠가 모르는 사이에 새엄마가 나를 4인실로 옮겼다. 새엄마는 6인실을 찾아본 것 같았지만 가장 싸고 넓은 6인실은 항상 사람이 많았기 때문에 자리가 없었다. 새엄마는 내 병실을 옮긴 후에는 4인실도 감지덕지라 생각하라는 표정을 풍겼다. 나중에 그 사실을 알게 된 아빠에게 새엄마는 여러 사람과 어울려 재밌게 지내면 건강에 더 좋다는 식으로 둘러댄 것 같았다. 새엄마는 그냥 내가 편하게 지내는 꼴이 보기 싫었던 것 같았지만 아빠에겐 그렇게 둘러댔다.

의사선생님은 내게 기적은 없을 거라고 하셨다. 나에게 수차례의 항암치료를 하였지만 병은 낫질 않았다.

그렇다고 해서 골수이식을 할 수도 없었다. 수차례 검사를 하였지만 아빠와 새엄마의 골수는 나에겐 맞지 않았기 때문이다. 여동생은 그냥 패스했다. 5살 동생에게 골수검사를 하게 하고 싶지 않았다. 차라리 내가 아픈 게 훨씬 나았다. 그리고 그 후로도 착한 사람들의 많은 골수와 비교를 하였지만 사막

속에서 바늘을 찾는 격이었다.

의사선생님께서는 그렇게 골수이식도 하지 못한 내가 2년 전부터 항암치료도 많이 하지 않은 채 4년을 살아온 것이 오히려 기적이라고 말씀하셨다.

의사선생님은 항상 나에게 '기적'을 운운하셨다.

"어이!"

여러 생각을 하며 멍을 때리다가 병실 입구 쪽에서 울리는 당찬 소리에 정신을 차렸다.

이 목소리는 틀림없이 옆 침대 할아버지의 부인 분이셨다.

할머니의 목소리를 들은 할아버지는 웃으며 할머니에게 팔을 벌렸다. 하지만 할머니는 나에게 먼저 오셨다. 할아버지의 얼굴이 울상이 되셨다.

"잘 있었냐?"

할머니께서 나에게 하이파이브를 건네시며 물으셨다.

"네. 잘 지내셨죠?"

두 개의 손이 만나 짝 소리가 울렸다.

"당연히 잘 지냈으니까 여기 왔겠지."

그러시고는 호탕하게 웃으시다가 나에게 검정 비닐봉지를 건네셨다. 안을 열어보니 젤리가 있었다. 할머니께서 저번에 사주신 젤리를 맛있게 먹었더니 내색은 안 하셨지만 마음에 드셨나보다.

나는 감사 인사를 드리고는 얼른 젤리를 따서 입에 넣었다. 흡족한 표정을 지은 할머니께서는 그제야 할아버지 곁으로 가셨다.

약간 삐진 듯해 보이는 할아버지를 따뜻하게 안아준 할머니의 어깨너머로 할아버지의 환한 미소가 칙칙했던 병실에 물감처럼 번졌다.

달다. 생각보다 많은 양의 젤리를 먹다 보니 입이 달아서 참을 수가 없었다. 옆을 돌아보니 탁상 위에 보온병이 눈에 띄었다. 아마 오늘 아침에 떠다 놓은 물인 것 같았다. 손을 뻗어 보온병을 가져와 벌컥벌컥 물을 마셨다. 그러곤 내 손에 들린 남은 젤리를 넣을 마땅한 곳을 찾았다.

탁상의 첫 번째 칸을 열어보자, 역시 뭔가 그득하게 들어 있었다. 한 번도 쓰지 않은 볼펜들이 나뒹굴어 있었고 노란색 줄무늬가 그려져 있는 하얀 공책, 휴지 등등이 있었다.

다시 서랍을 닫고 두 번째 칸을 열었다.

두 번째 칸에는 별 의미 없는 것들이 가득했다. 예를 들어 친엄마와 찍은 사진들 같은 것, 혹은 아빠나 여동생과 찍은 사진들이 들어 있었다. 딱히 별 의미는 없었지만 소중한 것들이었다.

마음 한구석이 아린 서랍 두 번째 칸의 추억들을 애써 밀어내고 서랍을 닫았다.

손을 세 번째 칸의 서랍으로 옮겼다.

이곳으로 병실을 옮긴 후 한 번도 열지 않았던 서랍 칸이었다. 이곳에다가 젤리를 넣으면 되겠다는 생각이 들자 손은 자연스럽게 서랍을 열고 있었다.

드르륵 소리와 함께 열린 서랍. 난 잠깐을 바라볼 수밖에 없었다. 약간의 궁금증이 발동하고 있었기 때문이다.

열린 서랍의 바닥에는 검은색 공책이 들어 있었다.

손을 뻗어 공책을 손에 쥐었다.

'전에 이곳을 쓰던 사람이 놓고 갔나?'

공책에 이름이나 전화번호가 써져 있는지를 살피기 위해 이리저리 공책을 돌려봤다. 하지만 아무 정보도 얻을 수 없었다.

"어? 그 공책 참 오랜만이네."

"네?"

옆자리의 할아버지가 내 손에 들린 공책을 보며 말씀하셨다.

"그 전에 있던 양반이 가끔 쓰던 공책인데, 아직도 거기 있나 보네."

할머니가 대답해 주셨다.

할머니께서 말씀해 주신 '그전에 있던 양반'은 내가 있기 전의 다른 환자인 것 같았다.

나는 다시 한 번 공책을 이리저리 돌려보았다.

정말 심플하기 그지없는 검은색. 게다가 아무것도 적혀 있지 않아서 더 새까맣게 보였다.

남의 공책인데 봐도 되는 건가? 나는 조심스럽게 공책을 펼쳐보았다. 맨 첫 장에는 무언가가 정중앙에 적혀 있었다.

[마지막 일기]

마지막 일기? 대체 뭔 뜻일까? 한참 궁리를 하던 중 할아버지와 할머니의 대화가 들려왔다.

"에구, 그렇게 열심히 살더니 결국 죽었잖어. 참 착한 양반이었는데."

"어쩔 수 없었지 뭐."

암이었잖아……, 하는 소리가 귀로 들어왔다. 암이서서 돌아가셨나 보네. 아, 그래서 마지막 일기구나.

공책을 탁-소리 나게 닫았다. 별로 다른 사람에 대한 흥미는 없었기 때문이다. 살면서 한번 본 적도 없었던 사람이고, 돌아가시던, 무슨 병에 걸렸었던, 지금 나에겐 상관없었다. 그 사람은 공책이 되어 남겨졌으니까.

공책을 다시 세 번째 서랍에 넣었다. 시계를 보니 벌써 9시 30분쯤이었다.

나는 커튼을 치고 자리에 누워서 이불을 덮었다. 이제 잠이나 자야지.

# 2

아이 울음소리?

무언가 소란스러운 분위기에 잠에서 깼다. 아직 7시도 안 돼서 간호사 누나가 온 것 같진 않은데 무슨 일인 걸까.

자리에서 일어나 커튼을 치고 소리가 나는 쪽을 봤다. 휑하게 비어 있는 내 앞 침대와 달리 유난히 시끌벅적한 그 옆의 침대에 시선을 고정했다. 나에게는 대각선 쪽의 침대였다.

그 침대 위에는 얼굴이 빨개지도록 울며 앉아 있는 아이와 그 옆에서 이젠 괜찮다며 아이를 달래고 계신 부모님이 눈에 들어왔다.

계속 울고 있는 아이를 보며 나의 여동생을 생각했다. 요즘도 당근 안 먹나? 그거 고쳐야 하는데. 생각에 생각이 꼬리를 물다가 그 대각선 침대 아이와 눈이 마주쳤다. 내 생각의 꼬리를 잘라버린 그 아이는 갑자기 울음을 그쳤다. 그러더니 해맑게 웃어주었다. 뭐지? 참 이상한 아이라고 생각하던 중 그 아이 부모님의 시선이 나에게 닿아 있다는 것을 알았다. 나는 멋쩍게, 매우 어색하게 웃으며 고개를 숙여 인사를 드렸다. 다행히 그쪽에서도 어색하게 웃으며 인사를 해주었다.

조금은 진정된 듯한 분위기 속에서 아이는 잠이 든듯했다. 덕분에 조용해진 병실에 이제 다시 잠 좀 자볼까 했지만 때마침 간호사 누나가 들어왔다.

아, 피곤하다.

간호사 누나에게 팔을 내밀었다. 시원한 소독약이 내 팔에 닿았다. 왠지 모르게 깨끗한 느낌이 드는 소독약 냄새를 맡으며 팔을 쳐다보았다.

바늘이 내 피부를 뚫고 들어왔다. 이 지긋지긋하게 반복되는 포도당 주사가 싫증났다.

뒤를 돌아 나가는 간호사를 멍하니 쳐다보다가 고개를 떨궜다.

난 이 지긋지긋한 일상에서 벗어날 수 없어.

저 대각선에 있는 아이는 대체 무슨 일로 온 걸까. 병실 침대에 '한민우(5)'라고 써져 있는 네임태그가 눈에 들어왔다.

저 부모님들은 지치지도 않을까. 입원한 지 2일이 된 민우 옆에는 항상 부모님들이 자리하고 있었다. 민우가 마치 마법을 부리듯 "목말라."라는 주문을 외우면 앞에 물이 짠하고 나타났다. 그 외에도 민우는 "배고파.", "심심해."등등의 많은 주문들을 외웠다.

문득 나도 부모님이 왔으면 좋겠다고 생각했다. 물론 새엄마가 아니라 친엄마와 아빠가 함께.

엄마만의 사랑꾼이던 아빠가 엄마를 잃고 힘들어할 때 새엄마가 다가왔다. 대체 아빠한테 어떻게 했는지는 몰라도 새엄마는 마음에 안 들었다. 하지만 새엄마가 낳아준 여동생은 좋았다. 새엄마는 새엄마라서 싫었고 여동생은 여동생이라서 좋았다. 그냥 그랬다. 갑자기 엄마가 보고 싶었다. 앉아서 주문을 부리는 민우가 너무 부러웠다.

나는 희망 없는 백혈병 환자고, 민우는 일주일이면 퇴원할 독감 환자였는데 분위기상으로 보면 반대인 것 같았다.

뭔가 마음이 시큰해져서 눈길을 돌렸다. 그때 "형아!"라고 누군가를 부르는 목소리가 들려왔다. 민우를 바라보자, 민우를 포함한 민우의 부모님이 나를 바라보고 있었다. 나를 부르는 건가? 혹시 아닐 수도 있어서 주위를 둘러봤지만 역시 나를 부르는 거였다.

내가 아무 말도 못하고 쳐다만 보고 있으니까 답답했는지 민우가 다시 나를 "형아!"라며 불렀다.

어리둥절한 내가 그제야 대답을 했다. 그랬더니 나에게 총총 걸어와서 내 손에 사탕을 쥐어 줬다. 고사리처럼 자그마한 손이 귀여웠다. 그러고는 "형아만 먹어야 돼!"라고 작게 속삭이더니 부끄러운 듯 침대로 뛰어 올라갔다.

시간이 좀 지나자 민우의 아빠께서는 출근을 하셨다. 엄마께서는 뭘 사러

가신 건지 보이지 않았다. 민우는 항생제가 들어 있는 수액걸이를 드르륵드르륵 이끌고 내 옆으로 왔다.

뭐지. 진짜 이상한 애였다. 왜 내 옆으로 온 것인지 약간 긴장도 되었다. 그래도 인사는 해야겠지, 싶어서 인사를 건넸다.

"아, 안녕."

말도 더듬으며, 어색한 인사를 건넸다. 바보처럼 목소리가 떨려왔다.

"형! 형아는 어디가 아파서 여기 있어?"

뜬금없이 어디가 아픈 건지를 묻는 민우가 당황스러웠지만 5살 아이에게 백혈병을 어떻게 설명할지 고민했다.

결국 나는 3년 전, 5살이었던 동생에게 설명했듯이 설명을 하기로 했다.

"음, 그러니까, 피는 알지?"

민우가 고개를 끄덕였다.

"형은 그 피에 병이 걸려서 이 병원에 있는 거야."

민우는 고개를 작게 끄덕이더니 "피에도 병이 걸려?"라면서 놀랐다.

내가 '당연하지.'라고 하자 민우는 "그거 많이 아픈 거야?"라고 물었다.

"아니, 지금은 많이 안 아파."

왜인지 울상이 되어버린 민우의 표정이 귀여워서 나는 웃으며 대답했다.

"그렇구나……."

그러더니 민우는 입술을 씰룩거렸다. 뭔가 할 말이 더 남은 듯했다.

"나는 형아가 안 아팠으면 좋겠어."

민우의 입에서 나온 의외의 말에 놀랐다. 마음의 문을 두드려오는 그 한 마디에 나는 민우의 머리칼을 쓰다듬었다.

그런데 그때, 누군가가 민우를 불렀다. 민우의 어머니였다.

민우는 예상치 못한 상황에 당황스러워하고 있는 나를 뒤로하고 엄마에게 뛰어가서 안겼다.

이번에도 어색하게 웃으며 인사를 했다. 역시 그쪽에서도 어색하게 인사를 받아주었다.

간호사 누나가 바늘을 **빼러** 오셨다.

벌써 밤이 깊어가고 있었다.

뭔가 심심해서 항상 그랬듯이 창밖으로 시선을 고정했다. 깜깜한 밤 9시였지만 병원 앞에는 많은 사람들이 있었다. 어둠 속을 밝히는 1층 응급실 앞으로 구급차가 왔다 갔다 했다.

오늘 저녁밥은 정말 맛이 없었다. 그래서 많이 남겼는데 그 탓인지 배가 약간 고팠다. 문득 저번에 남겨 놓은 젤리가 생각이 나서 서랍장을 열었다.

젤리를 손에 쥐자, 그 밑에 있는 검은 공책이 눈에 들어왔다. 마치 자신을 읽어달라는 듯 애원하는 것 같았다. 결국 검은색의 일기장을 손에 들었다.

첫 페이지에 쓰여 있는 간단한 문구를 뒤로하고 두 번째 장을 넘겼다. 종이가 아깝지도 않은지 왼쪽에만 글씨가 쓰여 있었고 오른쪽은 깨끗하게 남아 있었다.

두 번째 장에는 긴 이야기가 써져 있는 듯했다. 나는 젤리를 집어 입에 넣고 오물오물거리며 한 문장 한 문장을 읽어보았다.

첫 문장은 '나에게 암이라는 병이 찾아왔다.'였다. 나는 다음 문장을 읽어보았다. 다음 문장은 '수술할 돈이 없기 때문에 수술은 할 수 없고, 의사선생님께서도 암이 너무 늦게 발견되었다고 하셨다.' 그리고 '나에게 희망은 없는 듯하다. 얼마가 남았는지 모를 나의 삶이 불쌍했다.'라고 써져 있었다. 행복한 미래를 바라보며 사는 것이 아니라 죽음을 바라보며 산다는 것이 지금 내 상황과 겹쳐져 마음이 시려왔다. 하지만 나는 다음 문장을 보고 나와 전혀 비슷하지 않다고 생각하게 되었다. 다음 문장은 바로 '하지만 나는 나의 불쌍한 삶을 멋지게 치장해 주고 싶다. 나의 남은 생을 누구보다도 행복하고 기쁘게, 후회 없이 살고 싶다. 이왕 마지막이라면 뭔가를 남겨야 할 것 같아서 이 일기를 남긴다.'라고 쓰여 있었다. 그리고 마음에 글씨를 쓰듯이 여러 번 꾹꾹 눌러 쓴 듯, 진하고 큰 글씨로 쓰여 있는 마지막 문장이 눈에 들어왔다.

'어느 한 시인의 행복한, 행복했을, 행복했던 마지막 일기'

마지막 문장. 그 문장 하나에 이젠 마음만 시린 것이 아니라 코끝이 시려왔다. 시한부 삶을 사는 상황에서 저렇게 생각할 사람이 얼마나 있을까.

나는 다시 한 번 젤리를 입에 넣고 커튼을 치려고 자리에서 일어났다. 떨려오는 눈가에 눈물이 고일 것만 같았다. 누군가에게 우는 모습을 보이고 싶지 않았다.

커튼을 친 뒤 자리에 앉아 다음 쪽으로 넘겼다. 왼쪽에는 시가 한편 있었고 오른쪽에는 '시인인 나를 가장 행복하게 하는 것은 바로 시를 짓는 것.' 이라고 써져 있었다.


소중한


잠깐만, 잠깐만
하며 미뤄뒀던
소중한 인연들이 생각난다

뭐가 그리 급했는지
뭐가 그리 바빴는지
대체 어찌자고
소중한 인연들을 미뤄뒀을까

오히려 일에게
잠깐만, 잠깐만
하며 미뤄뒀어야 했는데

이분은 일 때문에 만나지 못 했던 소중한 인연들이 생각나서 이 시를 쓴 것 같았다.

나는 백혈병이 걸린 이후로 식욕이 감소하여 밥을 잘 먹지 못 했다. 그래서인지 에너지가 없던 내 몸은 항상 피곤했다. 나는 이 시를 읽고 단지 피곤하다는 이유로 밀어냈던 소중한 인연들이 생각났다. 학교 친구들이 병원에 한 번도 들르지 않고, 연락 한 번 없는 이유. 항상 밀어내기만 했던 나니까 그런 건 감당할 만하다고 생각했었다. 하지만 보고 싶었다. 좀 더 소중하게 대하고 많이 놀고 많이 봐둘 걸……. 소중한 인연들을 놓쳐버린 내가 한심했다.

다시 마음을 가다듬고 다음 장으로 넘겼다. 벌써 자야 할 시간이었기 때문에 이번 장만 읽기로 했다.


## 첫사랑

저 하늘 위에 떠 있는
반만 차오른 달처럼

너에 대한 내 마음도 그랬으면
좋았을 텐데

조금은 덜 채워져 있으면
좋았을 텐데

조금만 덜 채워져 있으면
그 작은 틈으로
네 생각을 버려냈을 텐데

어떻게 너는 이렇게 밤마다
어떻게 너는 항상 보름달일까

한 치의 틈도 없이 메워진
너에 대한 내 마음도

저 하늘 위에 떠 있는
반만 차오른 달처럼

그랬으면
좋았을 텐데


첫사랑을 그리워하는 시를 쓰신 아저씨의 마음이 전해졌다.

첫사랑? 난 좋아하는 사람이 있었던 적이 한 번도 없어서 공감하기 힘들었지만 엄마를 그리워하는 나의 모습에 대입을 하니 공감이 잘되었다.

한 치의 틈도 없이 메워진 엄마에 대한 나의 마음이 약간의 틈이라도 있었으면 좋겠다는 생각을 많이 해봤다. 이분도 나와 같은 마음으로 이 시를 쓰신 거겠지.

두 번째 서랍에서 엄마의 사진을 꺼냈다. 환히 웃고 있는 엄마의 모습이 지금 떠 있는 반달과 비슷했다. 엄마의 웃는 모습과 달이 겹쳐 보였다. 불의의 사고로 떠난 엄마. 항상 보고 싶다. 언젠간 올 이별의 순간이었지만 계단에서 넘어져 '뇌진탕'으로 갑작스럽게 한 이별은 더욱 힘들었다. 살면서 처음 가본 장례식장이 엄마의 장례식장이었다. 어수선하고 시끄러웠던 장례식장의 내부가 몇 년이 지난 아직도 생생하게 기억이 난다.

엄마의 사진을 손으로 매만지다가 눈물을 떨구고 말았다. 나는 얼른 눈물을 훔치고 사진과 일기를 서랍장에 넣었다. 몇 개가 남은 젤리도 서랍장에 넣었다.

잘 준비를 하고 자리에 눕기 전에 물을 한 모금 마시며 본 밤하늘에는 반달이 아직 떠 있다.

아주 밝게.

오늘은 민우의 퇴원 날이었다. 민우는 병원 생활이 편하고 좋았는지 집에 가지 않으려고 떼를 썼다. 들어올 때나 나갈 때나, 민우는 항상 울었다.

그러다 아빠가 장난감을 사준다는 소리를 듣고 진정이 돼선 이젠 웃고 있는 민우가 나에게 잘 있으라며 인사를 하고 떠났다. 나도 웃으며 잘 가라고 해줬다.

할아버지와 나만 남겨진 병실은 매우 조용했다. 이런 분위기를 싫어하는 할아버지는 운을 떼셨다.

"나는 이제 이런 적막한 병실도 외롭지 않아."

"왜요? 저는 이런 적막한 병실이 너무 외롭고 싫어요."

질문과 대답 사이의 짧은 공백 속의 적막함이 나를 더 외롭게 만들었다.

"으흠."

신음소리를 내며 한참 생각에 잠겨 있던 할아버지가 말하셨다.

"잘 생각을 해봐. 사람이 들어왔다 나갔다, 들어왔다 나갔다. 나랑 너처럼 오랫동안 병실에서 생활을 하다 보면 참 많은 사람들을 많이 만나잖아. 그래서 나는 이런 적막한 병실이 외롭지 않아. 사람이 나가도 언젠간 다시 들어올 걸 아니까. 그 사람은 저번 사람과는 완전히 다른 사람인 듯 비슷할 테고 이 적막함을 메꿔 줄 거야. 나는 이번에 들어올 다른 사람을 기다리는 일이 너무 설레서 외로울 시간이 없어."

할아버지의 말에 나는 매우 놀랐다. 어디에서 저런 긍정심이 생기신 걸까?

나의 긍정심은 어디에 갔을까? 아마도 어둠 속에 갇혀 미로와도 같은 곳을 헤매고 있겠지.

내가 한숨을 쉬며 고개를 아래로 떨구자, 할아버지께서 입을 여셨다.

"어험, 그러니까, 내 말은 너도 한 번 설레는 일을 해보라는 거야. 누군가를 기다리는 것도 설레는 일이고 지금 읽는 책의 결말을 궁금해 하는 것도 설레는 일이고. 그렇게 하루하루 설레다 보면 행복을 찾고 그 행복 속의 진정한 나를 찾게 될 거야. 그냥 네가 요즘 힘들어 보이기에 하는 말이니까 신경 쓰진 말고.”

할아버지는 아무래도 독심술을 쓰시는 게 분명했다. 나의 힘든 점을 저렇게 잘 알고 해결책까지 마련해 주시다니.

할아버지는 이제 할 말이 끝난 듯 “아이고, 아이고.” 하시면서 다시 자리에 누우셨다.

“병실 적막하니 설레고 좋네.”라는 말씀도 빼놓지 않으셨다.

설레는 일. 할아버지의 말씀을 듣고 설레는 일을 찾으려고 했지만 막상 쉽지 않았다. 아무도 찾아오지 않는 이 병실에서 누군가를 기다리는 설렘은 불가능한 것 같았다.

그러다가 검정 공책이 떠올랐다. 그다음에는 무슨 이야기가 써져 있을지 궁금했지만 잘 수밖에 없었던 어제 때문에 오늘 느껴지는 이 설렘. 나는 얼른 서랍을 열어 설렘이 가득한 검정 공책을 찾았다. 어제 읽었던 쪽에서 멈춰 있는 설렘이 어서 다음 장으로 넘어가라고 소리치고 있었다. 서둘러 다음 페이지로 넘기자, 역시나 왼쪽에는 시가 한 편 있었다.

주름

아무도 모르게
자꾸 늘어만 가는 주름

내가 자주 갔던 그곳이
이제는 추억이 되어
주름이 남았겠지

아주 오래전에 닿은 나의 손길이
아름다웠던 많은 시간들이 흘러
주름이 남았겠지

어느덧 깊게 주름이 진 그 자리 위를
하나하나 되새기며
또 다른 추억을 만들고

깊게 주름이 진 그 자리 위를
새로 만든 추억으로 메꾸어
아름다운 길을 만들어 가겠지

예쁘게 잘 가꿔진 그 길을 걸으며
스쳐 지나가는 꽃향기 하나에도
설렐 수 있는 내가 되기를

예쁘게 잘 가꿔진 그 길을 걸으며
깊지 않은 잔주름 하나에도
추억을 새길 수 있는 내가 되기를


그리웠던 그곳의 주름. 별로 가지도 못한 채로 추억으로 남아 있는 학교에
는 얼마나 많은 주름이 남아 있을까. 3년 전부터 들어가지 못한 집에는 얼마
나 많은 주름이 남아 있을까. 깊은 주름들 사이의 얇은 주름에는 얼마큼의 추
억을 담을 수 있을까.

아직도 학교와 집에 남아 있을 것만 같은 나의 온기와 미소가 주름 속에 녹

아들어 더욱 깊은 주름이 되었겠지.

주름으로 남아 있는 추억이 아닌 주름으로 남아 있는 나를 다른 사람들은 알고 있을까? 누군가가 그 주름을 알아주고 나를 그리워해줄까?

내 머릿속으로 많은 생각들이 스쳐 지나갔다.

그때 누군가가 내 이름을 부르며 병실로 뛰어 들어왔다.

바로 동생이었다.

나는 동생이 이곳에 왜 왔는지 정말 놀랐지만 일단 여동생이 달려 들어온 곳을 쳐다보며 새엄마가 오는지 지켜봤다.

"오빠! 완전 보고 싶었어."

나는 여동생을 와락 껴안으며 나도 보고 싶었다고 말했다.

"근데 엄마랑 아빠는?"

"오늘 엄마가 학교 끝나고 일 있어서 혼자 집 오라고 했거든. 그래서 오빠 보러 왔어. 엄마는 오빠 못 보러 가게 해서 몰래 온 거니까 엄마한테 말하면 안 돼!"

"뭐? 혼자? 그리고 몰래?"

창문 쪽으로 걸어가 왼쪽을 바라보았다. 내 자리에서 잘 보이지 않는 그곳엔 동생의 초등학교가 위치하고 있었다. 아이들이 학교에서 쏟아져 나오고 있었다.

"오빠 이름 말하니까 간호사 언니가 여기까지 데려다줬어. 나 길 안 잃어버리고 잘 왔지?"

"응, 너무 잘 왔다."

집에 남아 있는 나의 주름들을 껴안아준 여동생이 너무 고마웠다. 여동생을 더욱 세게 껴안았다.

그동안 학교에서 어땠는지, 집에서는 어땠는지, 저번에는 누구와 어디를 가고 무엇을 했는지, 같은 시답잖은 얘기들을 주고받았다. 나도 나의 병원 생활에 대해 말해주었다. 지루한 내용이었지만 고맙게도 동생은 반짝반짝한 눈으로 나의 이야기에 집중해 주었다. 이런 시답잖은 이야기를 나누는 시간이 너무 소중해서 눈물이 날 것 같았다.

병원에 남겨진 주름이 새로운 추억으로 메꿔졌다. 가족으로 메꿔진 어딘가의 주름을 마음속으로 매만졌다. 어느새 반질반질해진 그 주름 옆엔 예쁘게 피어진 꽃이 있는 듯했다.

남은 시간을 행복하게 보내는 것. 그 첫 번째 방법은 바로 '가족'이었다.

너무 오래 있었던 것 같아 동생을 집에 보내야 될 것 같았다. 아무래도 혼자 보내기엔 걱정이 돼서 1층까지 함께 내려왔다. 벌써 시간은 4시. 새엄마한테 전화해서 데리러 오라고 해야 하나?

그때 동생의 핸드폰이 울렸다.

"여보세요?"

"너 지금 어디 있어!"

목소리의 주인공은 새엄마였다.

"나 지금 오빠 보러 왔는……."

"뭐?"

동생의 말을 끊은 새엄마는 동생한테 뭐라 뭐라 말했다. 그러자 동생이 울상이 된 표정으로 나에게 핸드폰을 넘겨주었다. 아무래도 새엄마가 나에게 뭔 말을 하려고 핸드폰을 넘기라고 한 것 같았다.

"잠시만요."

울상을 짓는 동생에게 전화 내용을 듣게 하면 안 될 것 같아서 옆에 의자에 앉히고 난 좀 멀리 떨어졌다.

"여보세요."

"너랑 왜 같이 있어? 걔가 뭔 일이 있다고 네 옆에 가있어?"

"아니 그게……."

"애를 데려갔으면 말을 하고 데려가던가! 왜 데려간 거야?"

내 얘기는 들어보려고 하지 않고 자신의 의견만 고집하는 대화에 슬슬 짜증이 나기 시작했다. 왜 나한테만 난리야.

"내가 나랑 인연 끊고 지내자고 몇 번을 말했니! 꼭 이렇게 화를 내야만 정신을 차릴 거야? 넌 애 오빠가 아니야. 정신 좀 차리고 살아. 내 딸을 함부로 데려가다니, 이거 납치야. 알아?"

눈에 눈물이 고였다. 왜 이렇게 나를 못 잡아먹어서 안달인 걸까? 내가 뭘 잘못을 했지?

"죽을 날도 얼마 안 남았는데, 동생은 보고 싶니? 그럴 시간 있으면 언제 죽을까 하며 엄마 곁으로 가게 해달라고 기도나 해!"

내 인생은 왜 이런 걸까. 나도 그냥 행복한 가정에서 살고 싶었는데.

근데 항상 그랬듯이 내가 잘못했다고 미안하다고 하면 너무 억울할 것 같았다. 내일이 마지막일 수도 있잖아. 내가 당장 내일 죽더라도 새엄마한테 할 말은 하고 죽어야지. 안 그러면 억울해서 편히 죽지도 못하겠어.

"아줌마."

"뭐? 아줌마?"

"네. 피도 한 방울 안 섞여 있는데 굳이 엄마라고 할 필요는 없잖아요. 보통은 아줌마라고 하지 않나요? 아니면 뭐, 이모라고 해드릴까요?"

핸드폰에서 기가 차다는 듯이 웃는 소리가 들려왔다.

"너 그게 엄마한테 무슨 말 버릇이니!"

"엄마요? 저번에는 저한테 '내가 왜 네 엄마니!' 라면서 뭐라고 하셨잖아요. 왜요, 이제 와서 엄마라고 안 부르고 아줌마라고 하니까 서운하세요?"

아무 말도 들려오지 않는 전화기 너머로 용기를 내어 더 말했다.

"나한테 정신 좀 차리라고 하시는데, 내 이 썩어빠진 정신 아줌마가 만들어준 거잖아요. 아줌마만 없었어도 내 인생은 좀 더 행복했을 텐데."

눈에서 눈물이 한 방울 한 방울 볼을 타고 내려왔다.

"나도 그렇게 다정했던 엄마랑 아빠랑 행복하게 영원히 살 줄 알았지, 당신 같은 사람이랑 이렇게 살 줄 알았겠어요?"

엄마 생각을 하자 더 화가 났다.

"나 죽을 날 얼마 안 남은 거 맞아요. 그동안 참았던 거 다 풀어야지 편히 죽을 것 같으니까 다 말할게요. 일단 오늘 동생 온 거 제가 데려온 거 아니에요. 납치라뇨. 얘가 나 보고 싶어서 왔다는데 집으로 돌려보내요? 왜 내 얘기는 한 번도 안 들어주려고 해요? 그리고 얘가 왜 내 동생이 아니라고 해요? 아줌마랑 나랑 피 한 방울 안 섞였을지는 몰라도 동생이랑 저는 아빠 피 섞여 있어요. 얘랑 나는 가족이에요. 그리고 하나 더, 내가 뭘 잘못했다고 그렇게 못 잡아먹어서 안달이에요? 죽을 날 얼마 안 남은 거 알았으면 좀 잘해주면 안 되는 거예요?"

어느새 동생이 옆으로 와 내 손을 잡았다. 괜히 미안해져서 입모양으로 괜찮다고 얘기했다. 하지만 동생은 내가 전혀 안 괜찮은 걸 알았는지 같이 울기 시작했다.

"지금 동생 울어요. 시간 늦었으니까 데리러 와주세요. 지금 1층 로비에 같이 있으니까."

휴대폰 너머에서 집 도어락을 열고 나가는 소리가 들렸다.

"내가 죽으면 남겨질 아빠랑 동생이 너무 불쌍해요. 아줌마 같은 사람이랑 같이 지낼 우리 가족이 너무 불쌍해요. 그니까 내가 하늘나라에서 울지 않게 가족들한테 좀 잘해줘요. 그리고 진짜 마지막으로 한 마디만 할게요."

나는 침을 한 번 삼켰다. 그동안에 그렇게 하고 싶었던 말을 지금 하려니까 왠지 긴장됐다. 침을 다시 한 번 삼키고 동생 손을 꽉 잡으며 핸드폰에 대고 말을 했다.

"제발 아줌마가 영원히 행복하지 않았으면 좋겠어요."

나는 말을 하자마자 화면에 보이는 '통화 종료'를 눌렀다. 약간 비겁한 '치고 빠지기'였지만 상관없었다. 눈에 흐르는 눈물을 닦고 동생에게 환하게 웃어 보였다. 동생이 나한테 계속 미안하다며 사과했다.

"아니야, 너 때문에 그런 거 아니야. 그니까 괜찮아. 지금 오빠가 인생에서 길이길이 남을 사이다를 하나 만든 것 같거든? 기분이 너무 좋다."

나는 동생을 껴안고 웃으며 빙글빙글 돌았다.

"나중에 올 때는 엄마한테 말하고 와야 돼. 알았지?"

"응!"

왠지 오늘이 마지막일 것 같은 느낌이 들어서 동생을 더 세게 껴안았다.

"공부도 열심히 하고, 당근 편식하지 말고! 엄마 아빠 말씀이랑 선생님 말씀 잘 들어야 돼."

"알겠어!"

새엄마가 올 곳으로 동생을 데려다주고 나서도 쉽게 발걸음이 떨어지지 않아 한참 동안이나 동생을 안고 있었다.

잠시 후에 익숙한 흰색 차가 들어왔다. 동생에게 잘 가라고 한 뒤 발걸음을 돌렸다.

그런데 그 순간 동생이 내 손을 잡았다. 내가 뒤를 돌아보자 나에게 앉으라고 했다. 무슨 영문이진 모르겠지만 동생의 부탁이므로 일단 앉았다. 그랬더니 내게 볼 뽀뽀를 해주었다.

"오빠도 의사선생님, 간호사 언니 말 잘 들어야 돼!"

"그래, 그래. 잘 가."

너무 아쉬웠지만, 새엄마 차가 내 앞에 서기 전에 얼른 병원 내부로 들어갔다.

인연

언젠간 추억 속에 남을
그대여

짧은 만남 속
짧은 인연이었지만

빛바랜 사진 한 장으로
그대를 추억하며

서툰 글 솜씨로
그대를 추억하며

매일매일 당신이
행복하기를

매일매일 당신이
기쁘기를

밤마다
기도할게요

# 4

여름은 절대 오지 않을 것처럼 온 거리에 벚꽃잎이 흩날리며 쌀쌀했던 봄이 지나가고 무더운 여름이 찾아왔다.

오늘은 의사선생님께 몇 주 동안 부탁해서 얻은 외출 날이었다.

"오늘이 바로 그날이구나? 잘 다녀와."

옆자리의 할머니가 인사를 해주셨다. 옆에 계신 할아버지께서는 "길 잃지 말고!"라며 덧붙이셨다. 나는 고개를 끄덕거리며 "잘 다녀오겠습니다."라고 인사를 했다.

밖에 나오자 매미 소리는 더 컸고 더위도 생각보다 더 심했다.

일단 맨 처음에 가고 싶었던 곳은 학교였다.

이미 익숙해져버린 등굣길이 나의 발걸음을 이끌었다.

학교에 도착하자 3교시 수업시간이었다. 모두 교실에 있을 시간에 조용히 가고 싶어서 일부로 수업시간에 왔다.

역시나 변한 것은 아무것도 없었다. 얼마 만에 맡아보는 건지 가늠도 되지 않는 약간의 흙이 섞인 바람 냄새에 마음이 편해졌다. 운동장 벤치에 앉아서 계속 그 흙바람을 맞으니 그냥 아무런 이유 없이 기분이 좋아졌다. 할아버지께 빌려온 폴라로이드 카메라로 학교의 전경을 찍었다. 사진에서 아이들이 시끌벅적하게 노는 소리가 들리는 듯했다. 아무렇게나 찍어도 아름다운 이곳의 추억이 그리워질 그날을 위해서 가져온 일기장에 사진을 꽂아놓았다. '주름'이라는 시에 꽂아 놓으니 딱 잘 어울렸다.

그리고 학교를 나와서 거리를 걸었다. 다른 사람들에게는 아무렇지도 않은 일들이 나에겐 너무 소중해서 여기저기를 둘러보며 천천히 걸었다. 그냥 스쳐 지나가는 사람들조차도 내겐 너무 소중했다.

어느새 벚꽃을 떨구고 파릇파릇 잎사귀로 치장한 나무들이 예뻤다.

잠시 쉬려고 근처 공원 벤치에 앉아 있자, 한 강아지가 나에게 왔다. 갈색과 흰색이 적절하게 섞여 있는 복슬복슬한 털을 가진 강아지였다. 주인이 있는지 강아지에겐 이름표와 목줄이 채워져 있었다. '지니'가 이 강아지의 이름이었다. 이름표에 전화번호가 써져 있었지만 핸드폰이 없어서 연락도 못하는 상황이라 그저 공원을 강아지와 함께 산책하며 걸었다. 하지만 마음이 찜찜한 건 어쩔 수 없었다. 이러다가 주인이 안 나타나면 난 너를 못 키워준단 말이야…….

결국 내가 생각한 최선의 방도는 공원의 제일 가운데의 큰 호수 옆의 벤치에 앉아 있는 것이었다. 분명 주인은 공원 중앙을 기준으로 해서 강아지를 찾을 거야!

그렇게 계속 앉아 있다가 심심해서 강아지와 장난을 치며 주인을 기다렸다. 그런데 갑자기 지니가 엄청 짖어댔다.

"아, 깜짝이야! 왜 갑자기 짖고 그래……."

"지니야!"

목소리가 들리는 쪽으로 고개를 돌리자, 어떤 남자분이 헐레벌떡 뛰어오는 것이 보였다. 그 남자분은 어느새 내 옆으로 와, 지니를 품에 안았다.

"안녕하세요. 지니를 데리고 계셔주셔서 감사합니다! 사실 친구가 여행 다녀오는 동안 잠시 저한테 맡긴 강아지인데, 잃어버리는 줄 알고 식겁했거든요."

그분은 계속 감사하다고 내게 말씀하셨다. 그러더니 지갑에서 이만 원을 꺼냈다.

"이건 사례금입니다. 정말 큰일 날 뻔했네요. 혹시 저 번호로 전화는 안 하셨죠?"

"네, 제가 핸드폰이 없어서요."

"와 진짜 다행이네요. 이거 얼른 받아주세요."

나는 손사래를 치며 안 받는다고 했지만 결국 내 손에 이만 원을 쥐어주셨다.

"근데 혹시 이 강아지 사진 한 장만 찍어도 되나요?"

"당연하죠."

나는 얼른 사진기를 꺼내어 지니의 모습을 필름에 담았다. 그리고 그 사진을 일기장의 '인연'이라는 시가 쓰여 있는 곳에 꽂아두었다.

나는 지니의 머리를 두어 번 쓰다듬고 잘 지내라고 인사를 한 뒤 다시 거리로 나왔다. 손에 남은 복슬복슬한 털의 감촉에 기분이 좋았다.

갑자기 생긴 이만 원으로 무엇을 할지 생각하던 나는 꽃집에 들어갔다.

터벅터벅—

조용하게 울리는 신발 소리가 유독 크게 들렸다. 거의 아무도 없는 이곳에 혼자 오는 것은 처음이라 약간 긴장했다.

"엄마, 안녕."

나는 유리를 매만졌다. 유난히 아름답게 웃고 있는 엄마의 사진에 마음이 놓였다. 유리창을 열고 국화꽃을 내려놓았다.

공책의 맨 마지막 장을 열고 엄마에게 보내는 편지를 썼다. 이런 건 오글거리고 편지라면 질색이었지만 엄마에게 인사를 하고 싶었기 때문이다. 글로다 표현하지 못한 서툰 마음이 엄마에게 전해지기를 바라며 종이를 몇 번 접고 안에다가 넣었다.

그리고 그저 그렇게 쳐다보고만 있었다. 왠지 엄마가 나를 보고 있을 것 같아서.

밖으로 나와 하늘을 올려다봤다. 안에서 꽤나 오래 있었던 탓인지 약간 어둑했다. 남은 돈으로 버스를 타고 병원 근처로 왔다.

항상 내가 바라보기만 했던 커다란 나무 아래에 섰다. 위에서 볼 땐 잘 몰랐는데, 나무의 크기는 내 생각보다 훨씬 컸다.

찰칵—

또 한 장의 사진을 찍었다. 그리고 고마운 마음을 담아 아저씨가 일기장에 쓴 시를 읽어주었다.

언제나

언제나 한자리에 서 있는
저 나무

쓸쓸하지 않으냐 물으면
바람과 함께라서 괜찮다던
저 나무

춥지 않으냐 물으면
햇빛과 함께라서 괜찮다던
저 나무

누군가 나에게
아무도 찾아오지 않는 이곳이
외롭지 않으냐고 물으면

나는 저 나무가 있어서
쓸쓸하지도 않고 춥지도 않고
외롭지도 않아요

지나가는 사람들이 이상한 눈빛으로 나를 쳐다봤지만 나는 개의치 않고 시를 다 읽었다. 외로웠던 아저씨와 나를 지켜주던 나무가 고마워서 두 팔을 벌려 감싸 안았다. 사람들이 아까보다 더 이상한 눈빛으로 쳐다보았다. 나는 아무렇지 않게 나무에게 '고마워.'라고 작게 속삭인 뒤에 조금 더 뒤로 가서 병원의 전경을 찍었다.

나무를 찍은 사진은 '언제나'라는 시가 써져 있는 곳에 넣어놓고 병원 사진은 '주름'이라는 시가 써져 있는 곳에 넣어 놨다.

병실에 들어가자 할아버지가 "벌써 온 거야? 더 놀다오지 그래?"라며 말을 걸어왔다. 나는 "딱히 갈 곳이 없어서요."라고 대답했다.

내 대각선 자리에는 또 다른 사람이 들어왔다. 민우 이후로 벌써 5번째 인연이다. 내가 할아버지에게 저 사람은 누구냐는 눈빛을 보내자 할아버지는 "좀 심한 식중독이래."라고 대답해주셨다. 나는 고개를 끄덕이며 내 자리에 앉았다. 옷을 갈아입고 일기장을 서랍장에 넣었다.

자리에 누워 천장을 바라보았다. 하얀 천장, 하얀 벽, 하얀 서랍장. 그 속의 검은색 일기장. 그 검은 일기장 속의 추억 몇 장. 내 인생의 터닝 포인트라고 할 수 있는 일기장을 발견하던 그날. 생각만 하던 주름들을 채울 수 있게 해준 일기장을 다시 꺼내어 사진기로 찍었다. 맨 첫 장에 꽂은 일기장의 사진 뒤에 '행복한, 행복했을, 행복했던'이라고 적어놓고 그 옆에 연필로 일기장을 그려놓았다.

사진기를 이용해 지금의 더 많은 것을 찍어 남겨두고 싶다는 생각을 해서 옥상으로 올라갔다. 여름이었지만 혹시 모르니 겉옷을 입었다.

옥상에 올라가니 꽤나 많은 사람들이 있었다. 누우면 하나둘 살아나는 기억에 쉽게 잠들지 못한 사람들인 것 같았다. 하늘을 보니 반짝이는 별이 많진 않았지만 몇 개의 별로도 충분히 아름답고 눈부셨다. 그 반짝이는 별들을 이젠 못 볼 것만 같아 사진기로 찍었다. 사진을 찍는 매 순간마다 행복했다. 수많은 추억 속 한자리를 잡을 오늘이 행복했다. 잠시 벤치에 앉아 따뜻한 여름 밤바람을 맞다가 다시 병실로 내려갔다.

사진 속엔 별뿐만 아니라 무더웠던 그 바람도 담겨 있는 것 같았다. 딱히 꽂아놓을 만한 곳이 없어서 맨 뒷장에 꽂아두었다.

오늘이 아름다운 추억으로 남겨질 수 있도록 누워 잠을 청했다.

# 5

아침, 급격하게 나빠진 나의 몸 상태에 의사선생님과 간호사 누나들이 나에게 달려들었다.

이제 좀 행복하다, 싶었더니 결국 이렇게 되는구나. 내일이 마지막일 수도 있다고 항상 생각했는데 정말 마지막일 줄이야.

옆의 검정 화면에 녹색 선들이 지그재그로 왔다 갔다 한다. 이제 곧 멈출 것만 같은 그 녹색선이 불안했다.

새엄마한테 할 말도 다 하고 여동생이랑도 만나고 엄마 납골당도 다녀오고 학교도 다녀오고 아무런 걱정 없이 거리도 마음껏 걸어보고 옥상에 올라가서 별도 보고.

우연인지 필연인지 모를 그저 한낱 검은색 일기장이 나에게 이렇게 행복이란 선물을 줄 줄이야. 아무런 변화가 생기지 않을 것 같던 하루가 소중해지고 행복해졌다. 나는 그걸로 만족한다. 그동안 행복하게 잘 지냈으니까 괜찮다. 괜찮다, 괜찮다. 계속 괜찮다고 생각했지만 마음은 괜찮지 않은지 눈에 눈물이 고였다. 볼을 타고 흘러내린 눈물이 슬로모션으로 느껴졌다.

마음속으로 검은색 일기장의 마지막에 쓰여 있던 시를 생각했다. 수없이 읽고 수없이 마음에 새겨왔던 그 시가 머릿속에서 새벽교회 종소리처럼 잔잔하게 울렸다.


이별


몸에 닿던 차가운 느낌에 난생처음 울던 그 계절부터
많은 시간이 지나 시로 추억을 그리는 지금의 계절까지

단 한 번도 소중하지 않은 적이 없었던
나의 오랜 시간들과
남겨질 추억들

연필로 표현했던
수많은 단어들 하나하나가

연필로 그려냈던
수많은 순간들 하나하나가

그저 너무 좋아서
낡은 연필 한 자루에
눈물이 나오는 오늘

이별은 항상 슬프고 아름다웠다
슬픈 이별이 또 다른 시작이 될 수 있도록
평생 안고 갈 행복했던 추억을 가슴에 새겼다


눈에서 눈물이 볼을 타고 흘러내렸다.
나는 모든 것을 안다는 듯이 편안하게 눈을 감았다.
나는 마지막까지 행복했다.
녹색선이 길게 이어져 화면의 검은색을 두 갈래로 갈랐다.
행복한, 행복했을, 행복했던 추억들을 안고.

언젠간 한 번쯤은 사람들에게 행복을 주는 글이나 시를 써보고 싶었다. 솔직히 나는 소설을 잘 쓸 자신이 없었다. 읽는 것만 열심히 했지, 써 본 적은 많이 없었기 때문이다. 그래서 그나마 자신 있는 시와 결합을 하면 괜찮을 것 같다는 생각을 했다.

처음에는 무척 어려웠다. 일단 소설이라는 장르와 시라는 장르가 잘 어울릴지 의문이었고 사람들이 나의 글을 읽고 나의 의도를 파악하지 못할까 봐 걱정도 많았고 백혈병을 앓고 있는 주인공을 설명할 수 있는 어떠한 의학적 지식도 없었기 때문이다.

그래서 친구들에게 의견을 물어보며 수정도 많이 하고 여러 사이트들을 돌아다니며 백혈병에 대한 지식을 얻었다. 보다 정확한 지식을 위해 하루에 몇 번씩이고 같은 내용을 찾아보기도 했다.

나는 내가 주인공의 심정을 누구보다도 잘 알고 있어야 한다고 생각을 해서 백혈병이나 다른 불치병에 걸린 사람들의 이야기도 많이 찾아봤다. 많은 이야기들을 읽고 쓸수록 주인공에 대한 이해가 깊어져 얼마 후에는 쉽게 쓸 수 있었던 것 같다.

이 글을 통해 내가 전하고자 했던 의도는 '사람이라면 어떤 상황에 처해 있어도 항상 행복할 수 있어.' 라는 것이었다.

많이 부족하고 서툴렀던 글을 읽어주신 분들께 감사를 전하고 싶다. 마지막으로, 쌀쌀한 겨울날에 쓴 이 이야기로 행복한, 행복했을, 행복했던 누군가의 삶이 따뜻해졌으면 좋겠다.

# 무궁화 꽃이
# 지었습니다

김민희

# 가로등

터벅터벅
힘없는 발소리

어두운 하늘에는 별이 숨어버린 듯하네
마치 내가 걷고 있는 이 길처럼

뚜벅뚜벅
힘찬 발소리

하늘에는 밝은 달이 미소 짓네
마치 가로등 불빛 아래 마중 나온 아내처럼

가로등 불빛이
나를 감싸면

바람소리는 음악이요
밥 냄새는 꽃향기로다

발걸음을 재촉하네
날 기다리는 사람들이 있는 곳으로

살다 보면 집으로 돌아가는 발걸음이 무거울 때도, 가벼울 때도, 행복할 때도 있을 것이다. 특별함 없이 반복되는 일상에 지친 직장인, 학교에 치이고 학원에 치여 사는 학생, 언제부터인가 집이, 집이 아니고 자러 오는 곳이 되어버려 '집에 다녀오겠습니다.' 라는 말까지 생겨버린 현대 사회의 사람들은 먼지 하나에 짜증이 나고 한숨 한 번으로 꾸역꾸역 참아온 말들을 방생한다. 하지만 딸의 미소 한 번에, 오랜만에 먹어보는 집밥에 다시 한 번 집이라는 공간의 필요성을 깨닫곤 저절로 미소를 지어낸다. 그 분위기가 너무 그리워썼던 시여서 모두가 더없이 행복하길 바라는 마음이다.

# 성장

깊게 팬 주름에
검게 물든 검버섯

주름 많은 손에
상처 많은 발

어머니의 등이 휘고
아버지의 어깨가 야위어간다

세월을 지나쳐 생긴 흔적은
지울 수 없나 보다

우리의 키가 크는 이유는
부모님의 키를 먹고 자라기 때문이다

내가 다 컸다고 생각할 때
한없이 작아져 보이지 않을까

눈물에 목이 메어
아무 말도 하지 못할 때

높은 구두를 신고
굽을 챙기며

걱정하지 말아라

보이지 않아도
항상 너의 곁에 있어줄게

나는 또 그들의 사랑에
성장하고 있었다

　손이 아버지의 주먹보다 작았을 적 그때는 부모님이 세상의 전부였다. 나의 키가 엄마의 허리를 넘어 팔을 쭉 펴지 않아도 손을 잡을 수 있었던 그때는 마냥 좋아 미소를 지었고 어깨를 나란히 하여 그보다 더 컸을 때는 작았을 때 보이지 않던 야윈 어깨와 가슴 아픈 세월을 보았다. 하루가 멀다 하고 잡았던 엄마의 손 주름은 나의 어리광이었고 몇 번이고 업어주던 아빠의 넓은 등마저 너무나 휘어서 눈물이 났다. 세상 전부였던 부모님을 잃을 수 있다는 생각에 미안한 마음보다 자신을 원망하는 마음이 컸다. 하지만 자식의 눈물을 먼저 흘려본 부모는 아이를 성장시키며 일생을 마치는 것이 세상의 전부였다.

# 인어공주

밀물처럼
다가온 그대에게

썰물처럼
뒤쫓았던 나

놓쳐버린
그대를 위해

사랑도
추억도
기억까지도

물거품이 되었네

다시 못 볼
그 바다에

소라 껍데기
남기며

그대만을
불러왔던

아름다웠던 내 목소리
이 해변가에 간직한다네

혹시라도 네가 다시 밀려올까
하는 헛된 기대 속에서


　'인어공주' 는 슬픈 결말로 끝나는 몇 없는 유명한 동화 중 하나이다. 왕자를 사랑하는 인어와 이국의 왕자에 대한 이야기인데, 다른 공주를 사랑한 왕자로 인해 아름다운 목소리마저 인간의 다리로 바꿔버린 인어공주는 물거품이 된다. 사랑이 평행한 두 선만으로 이루어져 있다면 운명적인 만남이겠지만, 얽히고설킨 운명의 실타래로 이루어지지 못하는 사랑은 많고도 많다. 그렇기 때문에 헤어짐에 미련을 넘기는 것은 난 당연하다고 생각한다. 하지만 그 미련으로 아무도 상처받지 않았으면 싶다. 어쩌면 모순된 사랑일지도 모르겠다.

## 뒷모습

나를 지나쳐 사라진 강물아
지금 어디쯤 흘러가고 있니

다시 돌아오지 않는 너를
나는 항상 기다린다

너는 잊어버린 걸까
오지 않는 너만 기다린다

작았던 너의 목소리를 들으려 애쓰던
나를 잊었니

기억이 난다면 그리워해주고
돌아오지는 말아라

네가 다시 떠날 때
더 이상 울고 싶지 않아
잡고 싶지도 않다

잘 가라

　돌아오지 말라고 하면서 기다리는 사랑은 깊고도 쓰라린 사랑의 모순 중 하나이다. 헤어짐을 뒤로하고 그 사람과의 추억을 한가득 늘어놓고는 웃다가 다시 우는 그 아픔을 감히 누가 가늠할 수 있을까. 시간에 휩쓸려 가겠지 싶어도 단단히 박힌 사랑은 꼼짝도 할 수 없다. 그럴 땐 아무도 해결해 줄 수 없으니 자신만의 방법으로 잊을 줄 알아야 한다. 하지만 너의 그 행동을 부끄러워하지 말기를. 행복한 사랑을 했다는 증거이기도 하니까 말이다.

# 연인

내가 너를 처음 만난 날
서늘케 불어오는 가을바람에
네가 실려 있었어

차가운 바람 속에서도
너는 참 맑고 깨끗했어

내가 숨을 쉴 수 있게 해주는
고마운 존재였지

내가 처음 너와 닿을 땐
설레는 마음에
심장이 막 뛰었고 울기도 했지만
그 눈물을 네가 닦아주더라

일어나서 하루를 보내고
잠드는 순간까지
너와 나는 언제나 함께였어

너는 나를 채워주는
따뜻한 존재였지

내가 너를 찾아간 날
너의 모든 것들이 나를 감싸 안고는

뜨겁게 내리쬐는 태양에게서
시끄러운 도심 속에서
나를 지켜주었어

그 품에 안긴 나는
어느 순간보다도 행복했어

너는 내가 넓은 세상에
살고 있다는 것을 느끼게 해주었지

그래서 나는 그 누구보다
행복한 삶을 살아왔어

그런데 너는 나와 함께 할수록
상처만 늘어가

내가 언제끼지
너와 함께할 수 있을까

네가 사라지면
나도 사라지겠지


말라비틀어진 꽃잎이
간신히 버티다 지겠지

　어떻게 보면 슬픈 사랑 이야기를 표현한 것 같지만 사랑만큼이나 우리가
소중히 해야 하는 자연의 기본 구성 요소 중 공기, 물, 산의 소중함에 대하여
쓴 시이다.

　산 중턱에 버려진 쓰레기와 오염된 하수도 배기가스로 뿌옇게 변해버린 공
기가 우리를 갉아먹는다. 매년 악화되는 산불과 호우로 인한 침수, 안전 지역
이라 믿던 지진까지 여러 자연재해가 지속되는 이 와중에 낭비되는 물, 베이
는 나무는 줄어들기는커녕 급증하고 있다. 매일같이 상영되는 자연재해 관련
영화를 보고도 먼 미래라 생각하며 심각하게 받아들이지 않는 사람들에게 곧
닥칠 가능성이 충분하다고 말하고 싶다.

# 낙엽에게

네가 질 땐
겨울이구나

네가 푸르게 빨갛게 물들 때
나는 너에게 물들어 갔다

다시 돌아온 겨울

봄이 될 때까지
꺾이지 않기를

너를 다시 만나길
기다린다

짝사랑을 하며 매일 누군가를 기다리는 사람들이 잠시나마 자신을 표현한
이 글을 보며 웃었으면 하는 마음이다.

# 띵동

띵동
초인종 소리가
귓가를 울렸다

계단을 내려가며
살았구나 싶었다

뒤를 돌아보니
불길이 일었고

귓가엔 초인종
소리가 일었다

초인종 소리는
화상 자국 선명한
그의 목소리였다

내일을 남겨준 그의 목소리를
가슴에 남기고 살아가길

2016년 9월 뜨거운 불길 속에서 긴급 상황을 알려, 10여 명의 생명을 살린 초인종 의인에게 감사를 표한다. 그는 목소리로 세상을 밝히는 성우가 되고 싶어 했다. 비록 그는 세상을 떠났지만 그로 인해 내일을 살아가는 그들에겐 그가 누른 초인종 소리가, 화상을 입어가며 두드리던 철문 소리가 그의 목소리로 영원히 기억되기를 소망한다.

# 금메달

서늘한 바람 따라
지나친 작은 떨림이
뒤를 졸졸 따라간다

수없는 도움닫기 끝에
다다른 결승

그 벽을 뛰어넘으려
마지막 장대를 점검한다

너는 날아올랐고
그 순간은 누구보다
아름다웠다

뒤는 어떤 후회도
미련도 없어라

너는 최선을 다했다

12년의 끝없이 지루하기만 하던 시간에 작별 인사를 고하는 수험생들에게.

매년 수능 시즌에는 슬픈 사연이 들려온다. 수능을 보지 못하게 된 안타까운 사연. 수능 후 자살을 시도하는 마음 아픈 사연. 사람들은 "그게 뭐 대수라고.", "괜찮아. 다음에 잘하면 되지."라고 하거나 "괜찮아, 기회는 얼마든지 있어."라고 한다. 하지만 사회는 그리 말하지 않는다. 숫자로 사람을 들여다보고 대학으로 사람에게 순위를 매긴다. 그런 사회에 수능은 엄청나게 많은 부담을 안겨주는 최대 관문에 속한다. 사실 아직 그 시간이 닥치지 않은 나이기에 이 말이 누구에게 더한 부담을 안겨줄지 누구에게 힘이 되어줄지 정답을 모른다. 하지만 "충분히 힘을 냈다."고 "후회하지 말자."고 나에게 말할 수 있는 사람 정도는 되어야 내가 하고 싶은 일을 하며 살아가는, 괜찮은 사람 정도는 될 것 같다고 생각한다.

지금의 나는 정답이야 지우고 다시 쓰면 된다고 생각하는 어린애일지도 모르겠다.

# 문자 한 통

캄캄한 어둠 속
비명소리 들리고

자욱한 연기 속
얼굴 하나 떠올라

쉴 새 없이 흐르는 눈물
닦을 새 없고

네 얼굴에 흐를 눈물
보기 싫어

문자 한 통 보내

사랑하는 그녀에게
나를 잊으라 가슴에 못을 박고

다신 못 볼 아들에게
마지막으로 하는 말

부탁할게 사랑한다

　2003년 2월 18일 대구광역시 중구 중앙로 역에서 일어난 대형 지하철 화재 사고에서 피해자들이 남긴 문자 메시지를 소재로 쓴 글이다.

　기관사와 지하철 사령의 미흡한 대처로 인해 발생한 사망자만 192명 인명 피해가 심각한 사고였다. 연인에게 고하는 이별 메시지 가족들에게 건네는 마지막 인부 인사가 담긴 휴대폰만이 남겨진 쓰라린 사고였나. 이런 큰 사고가 있었음에도 불구하고 매년 일어나는 지하철 사고를 무심히 지나치는 사람들에게 전하고자 하는 말을 담았다.

# 곰인형

쓰레기 더미 속
버림받은 아이

떨어지는 빗물이
푸른 멍을 남기고

차가운 시선들이
마음에 상처를 남겨서

돌아온 이곳이
그곳보다 나아서
움직이지 않는다

방문이 열리지 않는
이곳이 나는 덜 무섭다

숨죽여 살아야 했던
그곳보다는

　가정에서 일어나는 아동폭력이 날이 갈수록 심해지고 있다는 것을 사람들
은 자각하지 못하고 있다.

　"내거 내 맘대로 한다는데 무슨 문제에요."라고 말하는 개념 없는 부모들에
게 건네고픈 말 한마디.

　"저 아이는 당신들의 아이입니다. 사랑받을 권리가 있고 웃을 권리가 있고
살아갈 권리가 있는 아이."

　때리고 욕먹으며 살아온 아이의 마음에는 이미 큰 상처가 자리하고 있다는
걸 알면서도 모르는 척 알려고 하지 않는 부모라는 사람들의 자세는 절대로
용서받지 못한다고. 꼭 전하고 싶다.

# 미운 아기 오리

어서 태어나라
재촉했고

걸음마가 제법 빠르니
나무랐다

서운하지 않다는
거짓말 또한 하지 않는

밉디미운 아기 오리

수면에 비친 아기 오리가
더없이 아니 한없이 미워 보여

눈물이 강을 흔들어
파도치는 심장을 맞이하고 떠나간다

아니라는
그대의 눈동자

대답할 수 없었던
내 입가엔

슬픈 미소만이 드리워져
눈물샘을 메우네

진심이 고팠던
관심이 고팠던
사랑이 고팠던

나와의 이별로
그대가 웃어 준다면

그걸로
되었다

# 백조

지금의 하얀 날개보다
그대의 품이 그리워

차갑게 내리는 눈보다
날 바라봐 주던 그대의 눈이 그리워

찾아간 그 호수
발자국을 따라가니

환하게 웃고 있는 그대가
행복해 보여서

사랑이 넘치는 그곳에
내가 없어서

너무나 외로운 백조는
떼지 못 했던 발걸음을

뒤로 향해
날아가 버렸다

백조의 눈물은
호수가 되었다

　'백조'는 '미운 아기 오리'의 후속작이다. 한 가정 안에서도 폭력 아닌 폭력인 무시를 당하며 살아가는 아이들의 마음을 표현하고자 하였다. 같은 자식임에도 불구하고 여자라서 남자라서 예쁘지 않아서 '그냥'이라는 이유로 아이들의 어린 기억에 아픈 상처를 남기는 부모에게 말한다. "아이는 모르는 것이 아니다." 어쩌면 다 알고도 아프지 않은 척, 모르는 척을 하고 있다고. '척'을 하는 아이들은 엄마의 잔소리가 그립고 사랑이 고프다고.

# 무궁화 꽃이 지었습니다

민심의 풀뿌리
한 풀 꺾여 그 생을 마감했다

어린 아이의 손 한번
닿지 않았거늘

어찌 이런 독초가
피어 있었나

분갈이에 못 이겨
꽃잎은 화(禍)에 말라 가니

돌아오는 다음 해에도
그 꽃은 다시 피지 않으리

 

2016년 폭풍처럼 지나가 버린 한해를 풍자하는 내용을 담은 시이다. 우리 나라를 뜻하는 국화 무궁화를 소재로 하여금 굳건했던 민심의 충돌을 표현하기 위해 애썼던 것 같다.

의자

어디 가리
이 한을 풀 곳이 없고

돌아온 내게
반겨주는 이 하나 없소

어찌 내게 이리 하오

내게 가져간 청춘 꽃은
어디로 갔나

시든 꽃에
날아올 나비 하나 없네


위안부 문제에 대하여 안일하게 생각하는 우리나라 정치적 문제와 일본의
태도에 맞서 끝까지 대항할 것이며, 피해자 할머니들의 청춘을 빼앗아간 그
들의 잘못에 용서 또한 있지 않을 것이다.

# 심청아

풍선처럼 부푼 마음을 싣고
푸른 바다를 항해하던 종이배
젖어버려 기운다

떨어지는 눈물
네가 있는 그곳보다
더 차가울 수 있을까

그리운 네 얼굴
보고픈 네 숨소리
사랑하는 너의 웃음

잡으려 뻗은 손
잡히는 건 너의 따뜻한 손이 아닌
향내 가득한 국화꽃이더라

그리워 찾아간 부둣가
파도소리 철썩이는 그곳에는
보고픈 너의 외침만이 울리더라

너는 알고 있을까
아무것도 남지 않은
심봉사가 되어버린 우리의 마음을

그리운 네 얼굴
보고픈 네 숨소리
사랑하는 너

널 가슴에 묻지 않으리
잊지 않으리라
기억하리라

2014년 4월 16일 누군가의 전부이고 꿈이며 가족이고 친구였을 사람들을
실은 세월호가 침몰한 그 사건에서 눈물 흘렸던 한 사람으로서 쓴 시이다.
　세월호의 비밀 진실을 가득 채운 인터넷 창을 보며 이제 와서 강화된 안전
법률, 사건을 겪어보고 나서야 실행되는 구체적인 절차가 화가 나기 시작했
다. 이미 그들은 시고 없는데, 활짝 필 수 있었던 그들과 그들의 인연들에게
남겨진 건 아무것도 없었다. 헤아릴 수 없는 아픔을 가지고 사는 그들에게,
먼저 떠나버린 그들에게 잊지 않겠다는 말을 건네고 싶었다.

# 어린 산타

가득 신이 나
노래 부르네

빛나는 나무 아래
소원을 걸어 놓았던 때

그때가 그리워
노래 부르네

그때는 그리 웃었지
되새기며

실없이 짓는 미소가
어찌나 슬픈지

창밖 내리는 눈이 녹아
내 얼굴에 비가 되었네

눈 감는 이번 크리스마스엔
그분이 오시기를

그대를 기다렸던 한 생이
무척 즐거웠다 전해주게

창문에 비친 나를 한참 동안 바라보다, 소복소복 쌓인 눈 가운데 우뚝 선 트리를 보았다. 트리 주위에는 산타를 기다리는 아이들이 소원을 빌고 있었다. 갑자기 눈물이 뺨을 타고 미끄러져 내렸다. 깜깜한 저녁 하늘 아래 별처럼 빛나는 트리가 너무 예뻐서였을까, 트리 주위에 모여서 아이들처럼 놀던 때가 그리워서였을까. 창문에 비친 내가 너무 늙어 보였기 때문일까. 가만히 병실 침대에 누워 또 산타를 기다렸다. 마지막으로 소원을 빌었다. "산타 할아버지를 보고 싶습니다. 그대보다 늙어버린 나이지만 한 평생 그대를 기다렸던 순간만은 소녀였습니다. 즐거웠습니다."라고 전하고 싶었다. 눈을 감았다. 꿈속에서 그를 만났다. 내게 천국이란 선물을 준 그대에게 고맙다고 전했다. 다시 눈을 뜨는 다음 생에도 그를 기다리겠다고.

## 작가의 말

많은 문학 작품 속 스쳐 지나가는 시 한 편이 진한 여운을 남기는 경우가 흔하진 않다. 나는 짧은 시 한편으로도 사람들의 마음에 진한 여운을 남기는 시를 쓰고 싶었다. 나는 알지만 남은 모르는 시 한 편에 손이 가고 정이 가도록 말이다.

'무궁화 꽃이 지었습니다.' 는 복잡하고 떠들썩한 사회에 속한 국민으로서 전하고 싶은 말을 담았다. 또한 다른 시들에는 잊혀서는 안 되는 사건 사고와 묻히는 국민들의 목소리를 귀 기울여 들어주기를 바라는 마음, 또 사랑이나 인생 이야기에 대한 시를 읽고 독자들이 자신에게 이것들은 무슨 의미였는지 잠시 떠올릴 수 있었으면 한다.

책을 쓰는 과정에서 서로의 글을 읽어주며 친구가 눈물을 흘리며 한껏 칭찬을 해주었는데 그 눈물이 나에겐 너무나 고마웠다.

사실 이 작품은 나에게 찾아온 슬럼프가 없어지게 된 계기가 되었다. 책을 쓰기 전 시에 대해서 좋지 않다는 평가를 받고는 뒤이어 나가는 작품마다 부진한 성적을 보였었다. 우울한 마음에 이 글을 쓰면서 자신감이 많이 없던 상태라 중간에 포기할까, 생각도 했지만 친구의 격려에 슬럼프를 깨고는 더 좋은 글을 쓰려고 노력했던 것 같다.

처음에 글을 쓰기 시작했을 땐 소설로도 써보고 이것저것 많은 시도를 했었다. 우여곡절 끝에 완성한 시인만큼 다른 친구들보다 걱정도 많았고 고민도 많았지만 이렇게 완결을 내고 보니 뿌듯하기도 하고 설레기도 하다.

서툴기만 한 이 글을 읽어준 그대에게 감사하고, 끝으로 함께 달려온 자작나무 친구들에게 감사하다는 말을 전한다.

# Until the almighty hit

서아름

또 큰 소리가 들린다.

싸우는 그 소리에 나는 잠에서 깼다. 내 동생 진이도 뒤척인다. 나는 동생이 깨지 않도록 동생의 귀를 손으로 막는다. 이 큰소리는 부모님의 말다툼이다. 마치 게임에서 서로 장풍을 쏘듯 날카로운 말들이 오간다. 엄마아빠가 싸우는 가장 큰 이유는 돈 때문이다. 아빠가 하시던 사업이 갑작스레 빚더미가 되어 버린 후 나는 매일 밤 부모님께서 싸우시는 소리를 듣는다. 어떤 날은 욕설이 들리기도 하고 어떤 날은 엄마가 울기도 하신다.

"일 하는 곳에서는 얼마를 준대요?"

"한 달에 200 정도 받는다 하더라고."

"겨우 그거 받아요?"

"그럼 어떡해? 내가 필요한 곳이 없다는데!"

"왜 화를 내고 그래요? 애들 깨면 어쩌려고……."

"어휴, 말을 말아야지."

늘 그랬듯이 두 분 모두 짜증을 내며 대화를 급히 마무리한다. 난 부모님보다 동생이 더 걱정된다. 혹시 듣고 있지는 않을까 걱정하지만 다행히 동생은 곤히 잘 자고 있다.


나는 늘 꿈을 꾼다. 엄마, 아빠, 서진이, 내가 모두가 웃고 걱정 없어 보이는 얼굴로 잘 지내는 꿈. 내가 미래에 원하는 꿈도 단지 이것이다.


나와 동생이 말했다.

"다녀오겠습니다."

엄마는 환하게 웃으며 말씀하셨다.

"잘 다녀오렴. 오늘도 파이팅이야!"

초등학교 3학년인 동생을 데려다주고 나는 학교로 향했다.

'1교시 국어, 2교시 수학, 3교시 체육, 4교시 스포츠, 5교시 역사, 6교시 기술, 7교시 과학'

오늘 시간표이다. 예전 같았으면 '운동장에 두 번이나 나가네!' 하고 좋아했을 텐데. 지금은 아니다. 정신 차리고 공부해야 한다. 내가 지금 할 수 있는 것은 공부밖에 없다. 그래서 나는 남들보다 더 열심히 노력한다.

3교시 체육 시간 티볼(야구형 스포츠. 투수 없이 배팅 티에 공을 얹혀 놓고 치고 달리는 방법으로 진행)을 홀수, 짝수 번호대로 나누어 시합했다. 이긴 팀은 휴식, 진 팀은 운동장 5바퀴를 돌아야하기 때문에 운동을 잘하는 친구들이 나와 같은 홀수로 오기를 내심 바랬다. 결국 나뉘는 것을 보니 비슷비슷한 걸 보니 다 같이 열심히 하는 수밖에 없어 보였다.

드디어 경기 시작! 가위 바위 보에서 이긴 우리 팀은 후공을 한다. 한 명씩 정해진 순서대로 공을 친다. 순조롭게 투아웃을 잡아낸 후 하나의 아웃만 잡으면 되는 상황이 되었다. 상대의 안타로 위기가 찾아오지만 침착하게 아웃을 만들어 점수를 내어 주지 않았다.

우리의 공격. 첫 타석의 안타로 출발이 좋았다. 하지만 곧바로 아웃이 되며 우리의 공격이 막혔다. 2회 상대팀의 공격에서 1점을 내주고 말았다. 우리 팀은 승부욕이 활활 타오르게 되었다. 원아웃 1루 상황에서 타석은 내 차례가 되었다. 별 기대 없이 휘둘렀지만 공은 높게 멀리 뻗어 나갔다. 반 아이들은 한목소리로 소리쳤다.

"홈런!!"

모든 베이스를 밟고 홈으로 들어왔다. 순식간에 2 : 1로 역전했다. 5점까지 먼지 득점하는 팀이 이기기는 경기였기에 3점만 더 내면 되는 상황이다. 그 후로도 점수 내기가 쉬울 줄 알았는데 수비를 잘하는 건지 공격을 못 하는 건지 좀처럼 추가 점수가 나오지 않았다. 결국 지켜보던 선생님께서 규칙을 변경하셨다. 반 아이들 한 번씩 공을 치고 경기를 끝내기로 했다.

그로부터 20분 후 2 : 1로 홀수 팀인 우리 팀이 이겼다. 우리 팀은 휴식을 취하고 상대팀은 운동장을 돌고난 후 수업이 끝났다. 바로 다음 수업이 스포츠 시간이었기에 우리 반은 운동장에 계속 남아 있었다.

수업 전 친구들과 공놀이를 하고 있을 때 야구부 선생님께서 나를 부르셨다. 나는 덜컥 겁이 났다. 이유는 모르지만 갑작스러운 일인지라 영문도 모르겠고 무서웠다. 나는 서둘러 야구부 선생님께서 계신 교무실로 향했다. 긴장되는 마음으로 교무실 문을 두드렸다.

"똑, 똑."

"선생님, 서훈입니다."

야구부 선생님께서 말씀하셨다.

"들어와 앉으렴."

내가 의자에 앉자마자 야구부 선생님께서 말씀하셨다.

"훈아, 조금 전 체육 시간에 티볼 하는 걸 봤는데 타격감이 좋은 것 같아서 몇 가지 테스트를 해보고 싶어 불렀다. 한 번 받아볼래?"

나는 우물쭈물하다 대답했다.

"……네. 해볼게요."

야구부 선생님께서 갑자기 일어나시면서 말씀하셨다.

"잠깐만 기다리렴."

5분 정도 지나자 야구부 선생님께서는 무언가 적혀 있는 종이를 들고 돌아오셨다.

"이것들이 너의 체력을 말해줄 것 같아서 가져왔단다. 이번 학기 네 **PAPS**(학생 건강 체력평가)다. 음……. 또래에 비해 우수한 편이구나. 자 그럼 테스트를 시작해보자."

종소리를 들은 내가 걱정되는 마음으로 여쭤봤다.

"선생님 저 스포츠 시간인데 어떡해요?"

야구부 선생님께서 온화한 미소를 띠며 말씀하셨다.

"걱정하지 말거라. 담당 선생님께 말씀드려 놨단다. 먼저 야구의 규칙을 알고 있니?"

나는 자신 있게 대답했다.

"네. 알고 있습니다."

많은 질문을 받았고 나는 최선을 다해 대답했다. 질문이 끝났는지 야구부 선생님께서 말씀하셨다.

"이제 야구장으로 나가보자."

선생님과 함께 야구장으로 나갔다. 선생님께서는 몇 개의 야구공을 들고 오시더니 말씀하셨다.

"던져줄 거니까, 옆에 있는 방망이로 쳐 보거라."

나는 선생님께서 던져주시는 공을 최대한 맞추려 했다. 하지만 선생님께서 던지신 공은 날아오는 중간에 뚝 떨어지는 포크 볼이었다. 방망이에 야구공이 다 맞지 않고 야구공의 반 절 정도만 방망이에 닿았다. 방망이에 맞기는 했으나 베이스의 반 절 정도까지만 닿은 것 같았다. 그다음 공은 거의 일자로 오는 직구였다. 선생님께서 천천히 던져 주셔서인지 방망이와 공이 손뼉을 마주친 듯 잘 맞았다. 이번에는 잘 친 느낌이었다. 야구공이 멀리 높게 날아가 처음의 3배는 간 것 같았다. 왠지 모를 뿌듯함을 느꼈다. 이번에는 더 잘 치고 싶은 마음으로 준비했는데 야구부 선생님께서 말씀하셨다.

"이만하면 된 것 같다. 그런데 선생님이 던진 공이 무슨 공인지 아니?"

나는 확신을 가지고 대답했다.

"네. 처음 던지신 공은 포크 볼, 그다음 공은 직구 같습니다."

나는 선생님의 표정을 보고 '아닌가?'하는 생각이 들어 정답이 맞는지 여쭤볼까 고민을 하고 있던 사이 선생님께서 주변 정리를 하시면서 말씀하셨다.

"이제 운동장으로 돌아가서 수업하렴. 네가 돌아왔다고 선생님께 말씀드리고."

나는 인사를 드린 뒤 운동장으로 향했다. 운동장에서는 축구를 하고 있었다. 나는 곧바로 스포츠 선생님께 달려가 잠시 다녀왔다는 사실을 알리고 축구에 동참했다. 신나게 친구들과 같이 축구를 하고나니 스포츠 시간이 빨리 끝난 것 같았다.

종이 치자마자 다 같이 뛰어 급식실로 향했다. 운동 후 먹어서 그런지 더 맛있었다.

점심을 먹고 난 뒤에도 열심히 공부했다. 공부를 하는 와중에도 아까 야구부 선생님과의 함께했던 야구, 선생님의 아리송한 표정이 자꾸 머릿속에 떠올랐다. 그래서 수업에 집중하지 못 했다. 딴 생각을 하니 시간이 빨리 흘렀고 어느새 학교 일과가 모두 끝났다.

집안 형편이 어려워지면서 다니던 학원을 모두 그만둬 방과 후에는 딱히 할 일이 없었다. 그래서 가끔 이런저런 생각에 빠진다.

'과연 내가 변호사라는 꿈을 쫓아가도 될까? 내가 인생을 잘 살고 있는 것인가?'

많은 호기심과 궁금증이 나의 온몸을 휘감는다. 그럴 때마다 어딘가에 토해내고 싶을 정도로 답답하고, 내가 왜 이렇게까지 해야 하는지 억울하기도 하다. 이런 생각을 하다가 순간적으로 정신을 차리면 내가 너무 무능력해지는 것 같아 비참해지는 기분이 든다.

하지만 많은 생각을 하고나면 나도 모르게 안정되고 마음이 편해지는 느낌이 들기 때문에 이런 생각을 종종 하게 된다.

그렇게 시간을 보내니 벌써 저녁 먹을 시간이었다. 마침 아빠가 돌아오셨다. 동생과 나는 아빠에게 인사드렸다.

"다녀오셨어요."

"그래."

아빠는 많이 지쳐 보이셨다. 아빠가 편히 쉬시도록 저녁을 먹고 빨리 치운 후 동생과 나는 방으로 들어갔다. 동생은 숙제를 하고 나는 책을 읽었다. 내가 책을 읽는 이유는 '일주일에 책 1권은 꼭 읽자.' 라는 엄마, 나, 진이와의 약속

이기 때문이다. 책을 읽다 보면 항상 착하게 살아라, 정직하게 살아라. 그러면 복이 온다는 말들이 자주 보인다. 하지만 내게 닥친 세상은 그렇지 않다. 나쁜 사람은 살아남고, 착한 사람은 괴로워지는 것이 요즘 세상이라고 생각하기 때문이다. 지금 세상과 다른 책의 교훈이지만 약속이기에 책을 읽는다.

하루를 체계적이고 효율적으로 쓰기 위해 자기 전 내일 할 일을 적는다. 그러다보면 또다시 엄마 아빠의 다툼 소리가 들리고 나는 늘 그랬듯 동생의 귀를 막고 잠이 든다.

그저 어제와 같은 오늘, 열심히 노력하지만 끝도 없이 힘들고 지치는 그런 하루가 가고 있다.

다음 날, 학교에 가자마자 야구부 선생님께서 부르셔서 교무실로 갔다. 교무실에 들어가자마자 야구부 선생님께서 말씀하셨다.

"어서 와라, 여기 앉으렴."

나는 자리에 앉자마자 궁금증에 먼저 말을 꺼냈다.

"무슨 일이세요? 선생님."

야구부 선생님께서 말씀하셨다.

어제 본 테스트 결과를 알려 주려고 불렀단다. 서훈아, 야구부에 들어오지 않을래?"

나는 깜짝 놀라며 말했다.

"네? 제가 야구부에요?"

"그래, 서훈아. 고민해보고 알려줄래? 내일까지 선택해보렴. 다음 연습시간에 같이 연습했으면 좋겠구나. 물어볼 거 있으면 언제든 찾아오고."

"네, 선생님. 그만 가볼게요."

그렇게 나는 자리에서 일어나 반으로 다시 돌아갔다. 반으로 돌아온 나는 생각에 잠겼다. 야구부에 들어가는 것은 좋은데 비용은 어떻게 해야 할지 고민이었다. 매 교시가 지날수록 머리만 복잡해지고 혼란만 가중됐다.

그래서 야구부 선생님께 찾아갔다. '똑. 똑.' 교무실 문을 열고 들어갔다.

"선생님 여쭤 볼 게 있어서요."

야구부 선생님께서 말씀하셨다.

"그래. 궁금한 건 뭐든 물어보렴."

선생님의 말씀에 마음이 놓였다.

"선생님 야구부에 들어가면 비용이 많이 드나요?"

야구부 선생님께서 친절히 대답해주셨다.

"네 활동에 대해 알아봤는데, 방과후학교 비용은 무료로 할 수 있을 것 같고 야구방망이는 학교 비품이니까 걱정할 것 없다. 그리고 우리 학교가 작년 우승 팀이라 글러브도 구입할 수 있어. 회비만 해결하면 되는데 그 문제는 내가 알아보고 있으니까 걱정할 것 없이 부모님과 이야기해보렴. 선생님도 나중에 따로 연락드리마."

나는 대답했다.

"감사합니다. 선생님."

'딩동 댕동'

곧바로 수업 종이 울렸기에 반으로 돌아갔다. 친절히 답해주신 선생님께 감사했고 그 보답인지 야구부에 대한 생각이 조금씩 싹텄다. 이후의 학교일과는 특별한 일 없이 끝났다.

집으로 돌아와 씻은 후 엄마와 이야기를 했다. 야구부에 관련한대화를 그대로 전달했다. 엄마는 아빠와 상의해 보자고 하셨다. 아빠는 어제보다 일찍 들어오셔서 같이 대화할 수 있었다.

"선생님께서 전화하셨더라. 야구부에 들어가고 싶어?"

나는 대답했다.

"엄마, 아빠의 의견을 따르려고요."

아빠가 말씀하셨다.

"네가 원하는 걸 말해보렴."

"사실 변호사라는 꿈은 제게 먼 곳에 있는 것 같아서요. 다른 꿈을 찾아보려고 해요. 그 과정에서 야구를 한번 해보고 싶어요."

아빠가 말씀하셨다.

"그럼 야구해볼래?"

"정말로요? 해봐도 돼요?"

"그럼. 해봐도 되지."

엄마가 말씀하셨다.

"그래. 우리 아들 잘할 거야."

대화를 마치고 저녁을 먹었다. 그 후 잠자리에 들려고 할 때 부모님이 대화하시는 것을 들었다. 평소와 다르게 웃으며 대화하셨다. 대화에서 주로 다루는 내용은 나에 대한 것이었다.

'엄마, 아빠는 내가 학교에서 칭찬을 들으면 기뻐하시는구나.' 라는 생각을 했다. 그래서 학교에서 더욱 열심히 생활해야겠다고 다짐하고 잠이 들었다.


다음날, 1교시 후 야구부 선생님께서 부르셨다. 나는 교무실로 가서 야구부 선생님과 이야기했다.

"부모님과 통화했는데, 훈아. 야구부에 들어올 거지?"

"선생님, 모집 기간 끝났는데 야구부에 들어갈 수 있어요?"

선생님은 안심하라는 듯 가볍게 말씀하셨다.

"야구부는 다른 방과후학교 일정과 관련 없이 모집하고 있단다. 네가 희망하면 언제라도 들어올 수 있어."

그래도 나는 무언가 마음에 걸려 말했다.

"야구부는 1학년 때부터 신청해야 하는 걸로 알고 있는데 아닌가요?"

"그런 법은 없단다. 대부분의 학생들이 1학년 와서 2학년 때 들어온 학생들이 실력 차이가 나기 때문이지. 하지만 난 네가 잘 할 거라고 믿는다."

"네. 선생님 감사합니다."

"수업 마친 후 청소 끝내고 바로 야구장으로 오렴."

"네. 바로 가겠습니다."

아직 보지 못한 야구부가 무섭기도 하고 설레기도 해 차라리 수업이 빨리 끝나고 야구장으로 갔으면 하는 마음이 들었다.

수업과 청소가 모두 끝나고 야구장으로 향했다. 야구장에는 몇 명이 있었지만 3학년인 것 같았다. 나는 뭐를 해야 할지 알 수 없어서 그 자리에 그대로 서 있었다. 그 순간 야구부 선생님께서 야구장으로 들어오셔서 내 어깨에 손을 올려 잡고 함께 더 안쪽으로 들어갔다.

몇 분 후, 야구부원들이 모두 모여서 선생님께서 야구부를 어떻게 진행할 것인지 설명해주셨다. 나와 함께 새로 야구부에 들어온 학생들은 먼저 선생님과 함께 훈련했고, 기존에 야구부였던 학생들은 주장을 중심으로 따로 움직였다. 4시부터 5시까지 이론 교육을 하고 5시부터 6시까지 이론을 실제로 연습했다. 첫 시간이었기에 어렵지 않았다.

5시가 되어 잠깐의 쉬는 시간이 있었기에 신입부원들과 기존 부원들이 인사하는 시간을 가졌다. 짧은 시간에 빨리 인사하고 몸으로 부딪히면서 친해지기 위해 격식을 차리는 시간은 길지 않았다. 선생님의 배려로 평소보다 인사시간을 더 많이 주시는 듯했다.(야구부에 대해 친구가 하는 말을 들은 적이 있다). 새로운 부원을 포함해 야구부는 전체 40명이 되는 것 같다. 짧은 인사가 끝나고 주장이 일어나 말했다.

"9월에 있는 전국중학교야구대회 우승을 목표로 모두 열심히 하자!"

모든 부원들은 한목소리로 대답했다.

"네!"

쉬는 시간이 끝이 난 후 신입부원들만 따로 실전 연습을 했다. 먼저 운동장으로 자리를 옮긴 후 체조를 하고 운동장 15바퀴를 돌았다. 10바퀴가 되니 숨이 차고 힘들었다. 하지만 누구 하나도 포기하는 사람 없이 끝까지 15바퀴를 돌았다.

운동장을 달린 후 야구장으로 돌아가 야구공을 주고받는 연습을 했다. 야구부 선생님께서는 글러브와 친해지는 시간이라고 하셨다. 경기할 때 긴장해도 글러브가 자신의 몸처럼 자연스러우면 야구공을 잘 잡을 수 있다고 하셨다.

6시 되기 20분 전부터 기존 부원들과 짝지어 배트를 쥐는 법과 휘두르는 법에 대해 배웠다. 그리고 새로 들어온 부원들은 타자와 투수의 역할을 정하기 위해 두 가지 훈련을 같이 한 달 간 받고 4월 중순쯤 정한다고 하셨다.

어느새 2시간이 훌쩍 지나갔다. 새로 들어온 부원들을 제외하고는 모두 돌아갔다. 유니폼을 맞추기 위해 신체 측정을 진행했다. 그런데 갑자기 두 사람이 앞으로 나와 그만두고 싶다고 말했다. 선생님께서는 알겠다며 두 사람을 집으로 돌려보냈다. 조금은 무거워진 분위기에서 선생님께서 말씀하셨다.

"유니폼을 맞추고 나면 해가 바뀌기 전엔 못 나가니 나가고 싶으면 지금 말해라."

그만두고 싶다는 사람은 더 이상 없었다. 그래서 다시 유니폼 치수를 측정하고 집으로 돌아갔다. 집으로 돌아오니 엄마께서 과일을 깎아주셨다. 나는 온몸을 씻은 후 과일을 먹었다.

엄마께서 물어보셨다.

"야구부는 어땠니?"

"괜찮았어요."

그후로 엄마는 더는 물어보지 않으셨다. 나는 오늘 배운 이론을 가지고 집에 있는 야구공을 잡아보았다. 아까 연습 때 해봐서 그리 어렵지는 않았지만 운동을 한 후라 아직은 손이 많이 저렸다. 그래도 누구보다 잘하고 싶은 마음에 더 열심히 연습했다.

연습이 끝날 즘, 모르는 번호의 누군가에게 문자가 왔다.

'내일 연습 끝나고 남아. −야구부'

나는 영문도 모르고 답장을 했다.

'네.'

그 뒤로 더 이상의 문자는 오지 않았다.


다음 날, 여느 때와 같이 수업을 마쳤다. 아직은 어색하지만 야구장으로 가 연습을 했다. 연습이 끝나자마자 2학년 야구부원들이 다가왔다. 서로 얼굴만 아는 사이였다. 적막이 흐르던 가운데 누군가 운을 뗐다.

"네가 왜 2학년 때 들어왔는지 모르겠지만 단도직입적으로 말할게. 소문으로는 집안이 가난해서 장비 살 돈도 없다며?"

나는 말했다.

"선생님께서 학교 장비 쓰면 된다고 하셨는데……."

"뭐라는 거야? 우리는 다 비싼 장비 사서 쓰거든? 학교 비품 같은 싸구려 쓸 생각이면 스스로 나가. 질 떨어지니까."

"무슨 소리야. 돈 없으면, 가난하면 야구도 못 한다는 거야?"

"맞아. 똑똑하다고 하더니 잘 알아듣네."

"싫어. 나는 학교 장비로 연습하고 경기도 나갈 거야."

"마음대로 해. 그 대신 네가 1년 늦게 들어왔으니까 후배인 거 명심해. 앞으로 기대해도 좋을 거야."

이렇게 말하고 곧바로 사라졌다. 나는 너무 당황스럽고 황당했다. 영화나 텔레비전에서만 보던 일들이 순식간에 내 눈앞에서 펼쳐졌고 그 당사자가 나였다. 앞으로 어떻게 될지는 모르겠지만 일단 오늘은 별다른 일은 없었다.

다음 연습 시간, 나는 아무것도 모르고 야구장으로 들어갔다. 선생님께서는 아직 오지 않으셨고 야구장 한가운데 2학년 부원 몇 명이 모여 있었다. 나는 천천히 야구장 안쪽으로 들어갔다. 어제 나를 당황하게 만들었던 김민석이라는 애가 앞으로 나와서 말했다.

"네가 앞으로 공 주워."

나는 무슨 의미인지 몰랐다. 그래서 별거 아닌 줄 알고 알겠다고 했다. 그랬더니 앞에 있던 애들이 웃었다. 기분 나빴지만 뾰족한 수가 없어 무시했다.

시간이 점차 지나자 '공 주워 와.'의 의미를 조금씩 알게 되었다. 연습 중 훈련장 밖으로 떨어진 공을 주워 오는 것이었다. 공을 주우면 내가 연습하는 시간이 줄었고 뛰어다니는 만큼 더 힘들고 지쳤다. 내가 힘들게 공을 줍고 있는데 아무도 신경 쓰지 않았다. 날 괴롭히는 애들이 무슨 짓을 했기에 아무도 알아주지 않는지 모를 일이었다.

이뿐만 아니라 잡심부름도 다 시켰다. '물 떠와.', '가방 들어.' 등 왕따가 된 기분이었다. 하지만 부모님과 선생님의 기대에 부응하기 위해 그만두고 싶다고, 힘들다고 말하지 못했다.

'나도 남들과 비교했을 때 뒤지지 않는 실력을 보여주면 이런 벗어 날 수 있을까?' 하는 생각에 더 열심히 했더니 조금씩 나아지긴 했지만 심적으로, 외적으로 너무 힘들었다.


그렇게 한 달 정도가 지난 후 신입생의 역할을 정하는 날이 왔다. 투수와 타자를 정하는 방법은 간단했다. 투수를 정할 때는 공의 속도와 자세를 보신다. 예를 들어 포크 볼이라고 주문할 때 투구가 잘 구사가 되는지, 속도는 어느 정도 나오는지를 중점으로 평가한다. 타자를 정할 때는 선생님이 던지는 공을 배트로 치면 된다. 선생님께서 다양한 공을 구사하시면 그에 맞는 타격을 하면 된다. 그렇게 평가가 끝나고 각자가 원하는 부분을 지원한다. 이 모든 과정을 거친 후 선생님의 판단을 기다리는 것이다.

나는 정해진 순서에 따라 타자 평가를 먼저 받았다. 선생님의 공은 처음에는 직구였다. 나는 거리낌 없이 쳤고, 그와 동시에 구경하던 부원들이 '오~' 하고 환호했다. 민석이라는 애는 약간 놀란 표정이었지만 금세 정색을 유지했다.

거리낌 없이 친 만큼 거리낌 없이 멀리 날아갔다. 허리와 방망이는 잘 돌아갔고 야구공은 잘 맞았다. 그다음 공은 포크볼이었다. 연습할 때 포크볼에 가장 약했다. 그래서 자신이 없었다. 하지만 아침에 엄마께서 해주신 '넌 잘할 수 있으니까 항상 믿어.' 라는 말이 생각나 과감하게 방망이를 휘둘렀다. 직구를 친 것보단 못 쳤지만, 이제껏 친 포크볼 중에 가장 잘 쳤다. 그 사실을 잘 아는 주장이 제일 먼저 크게 소리 질렀다.

"유후~ 정말 잘했어."

내심 뿌듯한 마음으로 받는 다음 공은 언더(밑으로 던져 끝에 위로 떠오르는 공)였다. 처음엔 파울이 되었지만 두 번째는 직구를 받아쳤을 때만큼 잘 쳤다. 타자 평가가 끝난 후 야구부 선생님의 표정도 괜찮은 거로 봐서 '나름 잘 쳤구나!' 라고 생각을 했다. 그래서 '문제없이 타자가 되겠구나.' 라고 마음 놓고 있었다.

다음엔 투수 평가 차례가 왔다. 언더볼을 던졌는데 스트라이크존에 안 들어간 것 같았다. 그 후 직구는 확실히 스트라이크존 중앙에 들어갔다. 마지막으로 너클볼(공의 회전이 거의 없는 공)을 던졌다. 이번 공은 간당간당해서 스트라이크존에 들어갔는지 잘 모르겠다. 그렇게 평가가 끝나고 종이에 타자라고 쓴 후 선생님께 내고 집으로 돌아갔다.

집에 돌아가자 동생은 항상 그렇듯 나를 응원해 주었다.

"형, 나는 형 팬 1호야."

그 말을 들을 때면 동생을 위해서라도 꼭 성공하고 싶었다. 세상을 살 때 노력으로 안 되는 것은 없다고, 세상이 아직 따뜻하다고 증명해 보이고 싶다. 그러면 동생은 내가 느낀 이 비참함을 조금이라도 덜 볼 것 같았다.

동생의 꿈은 의사다. 동생은 꼭 의사가 돼서 돈이 없어 치료를 받지 못하는 사람들을 도와주고 싶다고 했다. 이 따뜻한 마음을 계속 가지고 있었으면 좋겠다.


다음 날, 아침 자습시간에 야구부원이 모두 모였다. 선생님께서 드디어 결정된 역할을 발표하셨다.

"서훈, 투수."

나는 너무 놀라서 말했다.

"네? 제가 투수에요?"

선생님께서 말씀하셨다.

"왜 투수인지 궁금하면 이따 교무실로 오렴."

나머지 연습생들의 역할 지명이 끝나자 곧바로 종이 쳐 바로 교실로 돌아가야 했다. 나는 서둘러 교실로 돌아갔지만 야구부 선생님께 가기 위해 수업이 빨리 끝나길 바랐다.

'딩동 댕동'

기다리던 종이 치자마자 교무실로 향했다. 나는 교무실로 들어가 자리에 앉자마자 말했다.

"선생님 제가 왜 투수인가요?"

선생님께서 말씀하셨다.

"훈아, 선생님 판단에는 타자도 어울리지만, 투수를 더 잘할 거라고 생각해. 투수 평가 본 아이들 중에 속력이 가장 좋고 다 스트라이크존에 들어갔어. 또 왼손으로 던지기 때문에 투수하기 유리해."

나는 말했다.

"선생님. 저는 타자를 더 하고 싶어요. 다시 생각해 주시면 안 될까요?"

선생님께서 말씀하셨다.

"주장과 상의해보고 방과후 연습시간에 알려줄게."

나는 타자로 바뀌길 바라며 반으로 갔다. 반으로 돌아가 자리에 앉았는데 친구들이 주위로 왔다. 그러고는 물어봤다.

"너 투수냐, 타자냐?"

나는 말했다.

"아직 몰라."

"네가 모르면 누가 아냐?"

"투수인데 타자를 하고 싶어서 바꿀 수 없냐고 여쭤보고 오는 길이야."

그러고는 시끌벅적하게 대화를 나눴다.

"당연히 투수해야지!"

"아니거든. 타자하고 싶다잖아."

종이 친 줄도 모르고 있었는데 국어 선생님께서 들어오셨다. 수업을 열심히 듣고 점심을 먹었더니 시간이 금방 갔다.

그렇게 수업이 끝나고 야구장으로 갔다. 야구부 선생님과 주장만 와 있었다. 야구부 선생님께서 흐뭇하게 웃어주시면서 맞아주셨다. 그러고는 말씀하셨다.

"훈아, 주장하고 이야기했는데 투수하는 게 어떨까?"

내가 말했다.

"다시 한 번 고민해볼게요."

야구부 선생님께서 말씀하셨다.

"그래. 잘 선택해봐."

몇 분이 지나자 야구부원들이 모두 모였다. 야구부원 모두가 모이니 야구부 선생님께서 말씀하셨다.

"오늘부터는 투수, 타자 따로 연습하니 투수는 선생님 오른쪽으로 타자는 선생님 왼쪽으로 모여라. 훈이는 일단 투수 쪽으로 가고."

늘 하던 대로 운동장을 돌고 체조로 몸을 풀고 역할에 따라 본격적으로 연습을 시작했다. 12명의 투수가 2명씩 짝지어 수신호를 내리면 그대로 던져 스트라이크존에 들어가게 하는 연습이다. 머릿속이 복잡했지만, 최대한 머릿속을 비우고 야구공을 던지려고 했다. 타자 연습하는 걸 힐끔힐끔 보기는 했지만, 나름 열심히 연습했다. 연습의 시간이 조금씩 늘어 학교 끝나고 4시간은 연습했다.

그래서 나는 8시가 돼서야 집에 갈 수 있었다. 집에 가서 부모님과 이야기해보는 것이 좋을 거라고 생각해서 집으로 가 엄마와 이야기를 했다.

"엄마, 제가 투수를 하는 게 좋을까요? 아니면 타자를 하는 게 좋을까요?"

엄마가 말씀하셨다.

"훈아, 네가 원하는 건 투수야?"

"저는 타자하고 싶어요."

"선생님께서는 어떻게 말씀하셨는데?"

"선생님께서는 투수가 더 잘 어울린다고 하셨어요."

"엄마가 말했던 말 기억나니? '잘할 수 있으니까 너를 믿어.' 그 말을 생각했으면 좋겠어."

"엄마, 무슨 뜻인지 모르겠어요."

"너의 마음이 중요하다는 거야. 너는 잘할 거니까."

"조금 더 생각해 봐야 할 것 같아요."

"그래. 엄마는 훈이를 믿는다."

나는 타자를 하고 싶었지만, 선생님의 말씀도 따르고 싶었다. 그리고 엄마는 나를 믿고 계신다. 그래서 우선 투수를 하자는 쪽으로 결론을 내렸다. 결정을 하고나니 마음이 편했고 빨리 야구부 선생님께 말씀드리고 싶었다. 아빠께 말씀드리고 싶었지만, 아빠는 여전히 늦게 들어오신다. 밤 11시가 되도록 들어오지 않으셨다. 그래서 아빠의 얼굴을 보지 못한 채 잠들었다.


아침에 안방을 보니 아빠가 주무시고 계셨다. 나는 아빠를 깨우지 않게 조심히 학교 갈 준비를 했다.

엄마께서 말씀하셨다.

"아침 먹으렴."

동생과 나는 맛있게 밥을 먹었다.

흐뭇한 미소를 띠시며 엄마가 말씀하셨다.

"아침부터 배가 고팠나 보네. 든든하게 먹고 가서 좋은 하루 보내렴."

우리는 대답했다.

"네. 엄마."

그렇게 모든 준비가 끝나 집을 나서려는 찰나, 아빠가 깨셨다. 그러고는 말씀하셨다.

"조심히 잘 다녀오렴."

나는 더욱 힘을 얻고 학교로 갔다. 나는 어제 내린 결정을 빨리 알리고 싶어서 학교에 가자마자 야구부 선생님께 갔다. 야구부 선생님께서는 일찍 와 계셨다. 선생님을 발견하자마자 나는 말했다.

"선생님, 저 투수할게요."

선생님께서 빙그레 웃으시며 말씀하셨다.

"그래. 잘 선택했어. 넌 잘할 거야. 연습시간에 보자."

나는 알겠다고 대답한 뒤 반으로 돌아갔다. 오늘은 수요일. 시험은 다음 주목, 금 딱 일주일 남았다. 시험이 다음 주지만 공부하고 있는 사람은 거의 없었다. 이런 분위기에 휘말리지 않고 나는 꼭 좋은 성적으로 부모님을 기쁘게 해드릴 것이다. 밤에 나누시는 대화가 웃음으로 끝나길 바라며…….

방과후학교 연습시간 야구부 선생님께서 말씀하셨다.

"다음 주 수요일은 공부할 거니까 공부할 거 가져오렴."

모두 싫다고 했지만 선생님께서는 안 가져오면 청소시킨다고 강하게 밀어붙이셨다.

투수로 마음을 먹었으니 투수로써 해야 하는 모든 일에 할 수 있는 최대한으로 열심히 연습에 임했다. 그렇게 열심히 투수 연습을 하고 나는 연습이 끝나 모두 돌아갔을 때 혼자 남아서 타자 연습을 했다. 그때 나에게 공을 주워오라고 했던 애가 나타나 말했다.

"너 좀 하네."

인정이었다. 나는 기분 좋았지만 크게 표현하지 않았다.

"놀랐냐?"

그때였다. 공 주워오라고 시킨 김민석에서 나의 모든 고민을 털어놓는 민석이로 바뀐 때.

민석이가 먼저 사과했다.

"지금까지 했던 거 미안했다."

건성건성 말했지만 그 속에 진심이 느껴졌다. 그러자 신기하게도 지금까지의 불만보다 먼저 말해줘서 고맙다는 생각이 먼저 들었다.

"야, 나 계속 괴롭힐 거냐?"

"왜? 두려워서?"

나는 우물쭈물거리며 말했다.

"아니, 그냥……."

민석이는 놀리고 싶은 욕구가 가득 차 실실거리며 말했다.

"그렇게 말하지 마. 왕따 같아. 그리고 우리 이제 친구거든. 더 이상 왜 괴롭히냐?"

"그래. 알았다. 그런데 너 안 가도 되냐?"

"아! 맞아. 안녕~"

지금까지의 일을 서로 잊기로 했기 때문에 나한테 왜 짓궂게 했는지 묻지 않았다. 이렇게 우리는 제일 친한 친구가 되었다. 그리고 이 시간 이후 괴롭힘을 당하지 않았다.

민석이 집으로 향한 지 10분이 지난 듯했다. 야구부 선생님께서 다가오시면서 말씀하셨다.

"훈아, 남아서 연습하는 거야?"

나는 선생님께 혼날까 두려워 조마조마하며 말했다.

"네."

야구부 선생님께서 말씀하셨다.

"앞으로 야구부원들 모두 간 후에 선생님이 10분간 타자 연습 도와줄게."

"네? 타자 연습을요?"

"그래. 그러니까 오늘은 이만 가렴."

나는 야구장을 닫아야 한다는 것을 알고 재빠르게 야구장을 나왔다. 나는 야구부 선생님 말씀의 뜻을 몰랐다. '투수인데 타자 연습을 해서 화나셔야 하는 거 아닌가?' 아니면 '야구장을 빨리 닫아야 해서 하시는 말씀이신가?' 혼란스러웠지만 말 그대로 믿기로 했다.

나는 이제 모든 연습이 끝난 후 야구부 선생님과 10분간 타자 연습을 한다. 집에 갔더니 진이가 야구공을 들고 계속 쫓아다녔다. 진이가 말했다.

"형, 야구공 잡는 법 알려줘."

나는 말했다.

"형이 3시간 후에 알려줄게."

"형~ 지금 알려줘. 지금~"

"3시간 후에 알려준다니까!"

동생은 졸졸 따라다녔다. 하는 수 없이 나는 알았다고 하고 직구를 알려줬다. 그러고는 말했다.

"잡고만 있어야 돼. 던지면 안 된다. 알겠지?"

동생이 말했다.

"알겠어. 잡고만 있을게. 이따 다른 것도 알려줘야 된다, 형아."

나는 말했다.

"알겠으니까 이제 가서 놀아."

나는 동생을 달래놓은 뒤 시험공부를 했다.


며칠 후 야구부 선생님께서 나만 따로 부르셨다. 나는 영문 모르는 표정을 하고 교무실로 들어갔다. 선생님께서 나를 부르신 이유는 약속을 하기 위해서라고 하셨다.

"훈아, 선생님하고 계속 타자 연습하고 싶니?"

"그럼요."

"그럼 선생님하고 약속 하나 하자."

"뭔데요?"

"이번 시험 보고 통지표 나올 때 A만 새겨져 있기. 어때?"

"만약 못하면요?"

"못하면 타자 연습하는 거 많은 고민을 해야 할 것 같은데……."

"……열심히 공부하겠습니다. 선생님."

"그래. 우리 약속한 거다."

"네."

결전의 날. 드디어 시험 날이 되었다. '1교시 과학, 2교시 영어, 3교시 국어, 4교시 기술가정 순으로 시험을 본다. 과학은 좋아하는 과목이었기에 문제없이 보고 상대적으로 약한 과목인 영어를 집중적으로 공부했기 때문에 많은 탈 없이 지나갔다. 국어는 비교적 쉬운 편이어서 반 아이들 모두 잘 본 것 같았다. 마지막으로 기술가정 시간은 가벼운 마음으로 보고 시험 첫날을 마무리했다. 그다음 날은 1교시 도덕, 2교시 역사, 3교시 수학, 4교시 한문 순으로 시험을 봤다. 다행히 시험 첫날과 비슷하게 잘 마무리했다. 시험이 끝났다는 것에 기분 좋은 마음으로 집에 가려 했으나 오늘은 연습이 있다고 했다. 그래서 여느 때와 다름없이 연습하고 야구부 선생님과 타자 연습을 했다. 평소와 같지만 알찬 하루하루를 보냈다.

벌써 기말고사가 끝나고 여름방학에 가까워졌다. 야구부는 방학 동안 알차게 훈련한다고 하셨다. 다른 학교와 경기도 하고 수련회도 다녀오고 일정이 많았다. 기대되는 마음도 있지만 한편으로는 돈 걱정이 되었다. 하지만 야구부 선생님께서는 부모님과 말씀하신다고 걱정하지 말라고 하셨다. 그래서 야구부 선생님을 믿고 기다리기로 했다.

야구를 하면서 나 자신도, 나의 꿈도 180도 바뀌었다. 나는 새로운 내 꿈을 이루기 위해 최선을 다할 것이다. 그래서 이제껏 쌓아 온 것, 선택한 것이 후회되지 않도록 다짐했던 것도 전부 이룰 것이다. 하루하루를 알차게 지내니 시간은 더더욱 빨리 지나갔다. 방학식이 돼서 종합 성적표가 나왔는데 전부 A였다. 나는 제일 먼저 야구부 선생님께 갔다. 야구부 선생님께서 흐뭇하게 바라보시고 말씀하셨다.

"약속한 대로 잘 나왔네."

칭찬받아 트램펄린에서 방방 뛰는 듯한 기분이었다.

"네. 그러니까 계속 타자 연습 같이 해주실 거죠?"

"그럼~ 약속 지켰으니까 타자 연습 같이 해야지. 그리고 오늘은 연습 없으니까 끝나면 바로 집으로 가서 성적표 보여드리렴. 야구부 일정표도 가져가고."

나는 기분 좋게 나오면서 말했다.

"감사합니다. 선생님 다음 주에 봬요."

나는 부모님이 기뻐하실 것을 생각하며 가벼운 마음으로 집으로 향했다. 집에 가자마자 성적표를 보여드리고 연습을 안 했기 때문에 혼자서 야구공을 잡았다.

1시간 정도 혼자 연습을 한 뒤 야구 시작한 후부터 매일 쓰는 훈련 일지를 썼다. 야구부 선생님의 권유로 쓰게 됐지만 하루를 돌아보는 유익한 시간이 되었다.


다른 학교와 첫 경기, 나는 다른 학교와 경기하는 것이 처음이기에 마음만 참여했다. 두 번째 경기에는 마음뿐 아니라 몸도 참여했다. 선발은 아니었지만, 삼진을 3개나 만들어내면서 좋은 성적을 거둬 승리를 일궈냈다. 연습과 실전은 너무나 달랐다. 긴장도 많이 되고 실수가 두려웠다. 하지만 야구부 선생님과 야구부원들의 격려와 진심 어린 조언 덕분에 긴장을 많이 풀었다.

네 번째 경기에는 선발 선수로 경기에 임하게 되었다. 우리 학교가 후공을 한다. 처음 수비를 할 때 우리 팀 투수가 몸이 아직 덜 풀렸는지 구속도 좋지 않고 공이 계속 빠졌다. 그래도 야수들이 잘해줘서 실점 없이 끝났다.

3회까지는 양 팀 모두 실점 없이 끝냈다. 하지만 4회 초 위기가 찾아왔다. 1아웃 1-3루 상황에서 상대편에서 희생타가 나와 1점을 내주고 말았다. 점수를 내준 후 정신 바짝 차리고 공을 던졌다. 간당간당하게 위기를 잘 막아내 우리의 공격이 시작되었다.

시작하자마자 안타를 연속으로 쳐 득점이 될 상황에 놓였다. 우리는 이 기회를 잘 이용했다. 그래서 우리는 순식간에 3점을 내고 3루 2아웃이 되었다. 다음 타자가 친 공이 멀리 뻗어나갔지만 외야수에 의해 잡혀 3점을 내고 우리의 공격이 끝났다. 그 후 상대의 공격이 있었지만 실점하지 않았다.

프로야구에서는 6회까지 경기를 해야 승리 투수가 된다. 하지만 우리는 4회까지 경기를 하면 승리 투수가 된다. 그래서 4회까지만 하기로 했었는데 던진 공의 수가 적어 5회까지 던지게 되고 나는 더그아웃(경기가 진행되는 동안 감독, 코치, 선수들이 대기하는 장소)에 앉았다.

그 뒤에도 공격과 수비가 계속되었지만 그 누구도 점수를 내지 못하고 경기가 끝났다. 내가 승리 투수가 되었다. 첫 선발 투수 경기에 승리 투수! 너무 기분이 좋았다. 야구부원 모두가 잘했다고 칭찬해줬다. 물론 야구부 선생님께서도 칭찬해주셨다. 이 기쁜 소식을 빨리 가족들에게 전하고 싶어 곧바로 집으로 향했다.

이 소식을 전했을 때 아빠가 특히 많은 칭찬을 해주셨다.

나는 이제껏 들은 칭찬 중에 이번 칭찬이 제일 좋았다. 그 이유는 잘 모르지만 내가 절실히 원했던 일이 성공했기 때문인 것 같다. 이렇게 늘 좋게만 경기가 끝나진 않았지만 내 실력을 쌓고 마음을 단단하게 만드는 아주 좋은 기간이었다.


## 9월 12일 월요일 전국 중학교 야구 대회

12개의 중학교 야구부가 토너먼트 형식으로 경기를 해 우승 팀을 가려낸다. 추첨을 통해 대진표가 완성되었는데 막강한 라이벌인 태양중학교가 우리와는 다른 조로 편성되었다. 우리의 첫 경기는 한빛중학교와 하게 되었다. 한빛중학교와는 학교 간의 거리도 가깝기 때문에 자주 경기를 했는데 할 때마다 우리가 이겼다. 오늘 경기도 이변 없이 2:7로 우리 야구단이 이겼다.

우리는 하루의 휴식을 취하고 제일중학교와 경기를 펼친다. 이번 경기에서 득점을 많이 해야 3번의 경기가 아닌 2번의 경기만으로 결승전에 오를 수 있다. 그 이유는 만약 우리가 이 경기를 이긴다면 3개의 팀이 남는다. 그러면 모든 경기의 득점을 합해 높은 팀이 부전승으로 결승전에 오르게 되는 것이다. 제일중학교는 작년에 3위를 한 팀이라 얕보면 큰코다친다고 끝까지 집중하는 게 중요하다고 하셨다. 나는 내일 경기에 임하지는 않지만 같이 긴장돼서 쉽게 잠들지 못 했다.

다음날, 오전 훈련을 한 뒤 2시부터 경기를 시작했다.

우리의 선제공격.

상대방 투수가 많이 긴장을 했는지 제구력이 좋지 않아 상대가 원하는 공이 제대로 나오지 못하는 것 같았다. 그래서 1회 초임에도 불구하고 3점을 실점했다. 우리 팀 투수도 긴장을 했는지 공이 그렇게 좋지 못 했다. 그래서 우리도 1실점을 하고 말았다. 2-3회는 야수들이 잘해 두 팀 모두 실점 없게 마무리했다.

4회 초 상대편 투수가 힘이 빠졌는지 계속 볼을 던졌다. 그래서 볼 4개로 출루하는 타자들이 많아 우리 팀은 1점 득점했다. 상대의 투수가 바뀐 후 다시 공격을 이어나갔지만 더 이상의 득점은 얻어내지 못 했다. 우리 팀은 상대의 공격을 잘 막아냈다. 계속해서 공격과 수비를 했지만 상대 팀도 우리 팀도 득점을 얻어내지 못 했다.

수비를 하던 도중 우리 팀 투수 손에서 피가 나서 야구공에 피가 묻었다. 모두가 동요했고 분위기도 좋지 않았다. 그래도 다행인 것은 큰 부상이 아니었다. 나는 놀란 가슴을 쓸어내린 후 다시 경기에 집중했다.

선생님의 말씀이 다 맞았다. 우리가 동요한 틈을 타 상대는 4:3으로 바짝 추격했다. 우리는 선생님의 말씀대로 끝까지 집중을 해 5:4로 승리했다. 평소보다 경기가 더 늦게 끝났다. 끝나고 나니 뭔가 큰 산을 하나 넘은 것 같았다.

나는 결승전의 선발 투수다. 왜 내가 결승전의 선발 투수인지는 모르겠지만 그 어느 때보다 잘 하고 싶고 꼭 우승을 하여 동생 진이에게 멋진 형, 부모님께 자랑스러운 아들이 되고 싶다. 부모님의 얼굴에 웃음이 가득하게 만들고 싶다.

우리 학교가 득점이 12점으로 가장 높아 부전승으로 결승에 오르게 되었다. 우승에 가까워졌다는 것이 가장 먼저 생각나 좋았고 한편으로는 결승전 투수라는 것에 부담됐고 두려웠다.

## 전국 중학교 야구 대회 결승전

앞선 두 경기보다 관중들이 훨씬 많았다. 그래서 확실히 '결승전이구나.'를 느꼈다.

처음의 예상대로 태양중학교와 결승전에서 만났다.

선발 투수인 나는 부담을 짊어지고 잔뜩 긴장한 채 경기장에 들어섰다. 긴장이 몸에 들러붙어 쉽게 떨어지지 않아 고군분투했다. 1회 초임에도 불구하고 1 아웃 만루 상황이었다. 조금이라도 실수를 한다면 대량 실점할 수 있다는 생각에 눈물이 왈칵 쏟아져 나올 것만 같았다. 하지만 풍선처럼 부푼 기대감을 안고 기다리는 가족들을 위해 애써 긴장을 떨쳐냈다. 그 결과 나는 평정심과 냉정함을 되찾아 우리에게 유리하게 경기를 풀어나갔다. 그로부터 약 3시간 후, 6:4로 우리가 우승을 했다. 나의 머릿속에 영원히 기억될 내 생애 최고의 3시간이다. 4회까지 1실점에 그친 나의 투구 성적과 우리 팀의 팀워크가 하나 되어 눈이 부실 정도로 빛나던 순간이었디.

부모님의 근심 어린 표정과 진이의 천진난만한 얼굴, 처음 야구부에 발탁되고 집안 형편에 고민하던 내 모습, 날 응원해주던 친구들······.

모든 것들이 슬라이드 쇼로 보이는 사진들처럼 눈앞에 눈물과 함께 한 장씩 생겨나고 사라졌다.


내가 드디어 해냈어!

경기가 끝나고 직책이 높아 보이는 분이 오셔서 상금과 트로피를 전달해주
셨다. 우리는 우승 기념으로 맛있는 음식도 먹었다.

대회가 끝나고 나니 시간은 더더욱 빨리 지나가 해가 바뀌었다. 3학년이 된
나는 야구부 주장이 되고 눈이 부실 정도로 뛰어난 팀워크로 우리 학교는 또
다시 우승을 하였고 3년 연속 우승의 명예를 얻었다.

야구를 시작한 2년 동안 많은 일들이 있었다. 왕따 같은 것도 당하고, 꾸준
한 노력으로 인정도 받고, 연습 끝나면 타자 연습도 하고……. 모두 열심히
고생한 결과인 것 같다.

3년 연속 우승이라는 명예에 야구부로 유명한 여러 고등학교와 야구단의
제의가 많이 있었다. 야구선수라는 목표에 한 발 더 다가가고 있는 느낌이었
다. 나는 목적지를 향해 항해하는 배이다. 항해하는 동안 폭풍도 몰아치고 힘
든 일도 많겠지만 안전히 목적지에 도달할 것이다.

하지만 이런 다짐에도 고등학교 진학이라는 무거운 이름 앞에 한없이 나약
해지고 작아졌다. 그렇게 진학에 대해 수많은 고민을 해 머릿속이 실타래 얽
힌 것처럼 복잡해졌다. 내 머릿속이 복잡의 끝을 달리고 있을 때 부모님의 대
화를 듣게 되었다. 엄마의 조심스러운 목소리가 들려왔다.

"훈이 야구 선수하고 싶다고 하던데……."

아빠가 말씀하셨다.

"그러니까요. 점점 돈이 더 많이 들어갈 텐데. 야구를 계속 시켜줘야 할까
요?"

"……."

엄마가 아무 말씀 없으시자 아빠가 이어서 말씀하셨다.

"훈이는 공부 잘하니까 더 열심히 해서 공무원 했으면 좋겠어요."

"나도 그런 생각이에요. 그렇지만 훈이의 꿈을 짓밟을 순 없잖아요."

엄마가 갑자기 울음을 터뜨리셨다. 엄마는 흐느끼면서 말했다.

"흑흑흑……. 우리가 너무 무능력해서 짐만 되는 부모예요. 흑흑……."

이 말을 듣고 나는 황급히 귀를 막았다. 더 이상 듣고 싶지 않았다.

다음날 밤, 부모님께서 나를 부르셨다. 나는 각오하고 있었다. 어떤 말을 하셔도 야구를 계속할 것이다. 부모님을 설득할 것이다. 그래서 내 꿈을 향해 나아갈 것이다.

아빠가 먼저 운을 떼셨다.

"훈아, 야구 계속하고 싶니?"

"네, 아빠. 꼭 하고 싶어요."

"그렇구나. 저번에 꿈을 정하는 과정에서 야구를 하고 싶다고 했잖니? 꿈을 야구 선수로 정한 거니?"

"네. 저 야구 선수하고 싶어요. 어디서도 느껴보지 못한 뿌듯함을 느끼고 경기에서 이길 때는 가장 행복해요."

"알겠구나. 엄마와 상의해보마."

엄마께서 말씀하셨다.

"그래. 곧 다시 이야기하자."

나는 그렇게 방으로 돌아갔다. 나의 의지를 물어보고 싶은 것 같았다.

나는 평생 느낄 슬픔을 몰아서 느끼는 것 같았다. 그 누구도 어림잡을 수 없는 슬픔이다. 그 슬픔을 주머니에 넣어 보관할 수 있다면 어떻게든 그렇게 할 정도로 괴롭다. 그날 밤에 수많은 생각들이 나를 집고 뒤흔들어 잠을 이루지 못 했다. 이 고민을 벗어날 방법을 몰랐다. 도움이 절실했다. 나는 속으로 항상 외쳤다.

'누가 나 좀 도와줘.'

하지만 아무도 도와주지 않는다. 그 누구도 나에게 힘든 일 있냐고 물어보지 않는다. 책에서 보면 이런 상황에 누군가 나와서 도와주지만 나는 책이 아닌 현실이었다.

그렇게 밤마다 자다 깨다 자다 깨다를 반복해 날이 갈수록 지치고 피곤했다. 밤마다 생각해도 답은, 탈출구는 나오지 않았다. 더 복잡하고 어둠의 방으로 들어가는 것 같았다. 그러다 문득 든 생각은 '담임 선생님께 찾아갈까?'였다. 많은 도움은 기대하지 않지만 누구라도 필요했다. 내 이야기를 들어줄.

다음날, 나는 담임 선생님께 상담을 신청했다. 1교시 수업을 하지 않고 상담을 진행했다. 나는 내가 가지고 있는 모든 고민을 털어놓았다. 그러자 선생님께서 무언가 적으시면서 말씀하셨다.

"이렇게 고민을 편하게 이야기해줘서 고맙구나. 매년 고등학교 야구대회에서 우승하는 학교가 여기서 가까운 거 알고 있지? 그 학교에 알아봤는데 우리 학교처럼 학교 장비 쓰니까 회비만 내면 된다고 하네. 돈 문제는 선생님이 부모님과 상담해볼게. 걱정하지 말고 목표를 위해 달려."

"그런데 선생님. 어떻게 아세요?"

"고등학교? 훈이가 요즘 고등학교 문제로 힘들어하는 것 같아서 알아봤지."

이렇게 말씀해주시니 오글거리긴 했지만 너무 감사했고 마음도 한결 편해졌다. 또, 내가 하고 싶은 야구를 할 수 있다는 희망에 날아갈 것 같았다. 그 뒤로 학교생활, 성적, 공부하는 방법 등에 관해 이야기하고 상담을 마무리했다.

그날 밤, 담임 선생님과 부모님이 통화하시는 것 같았다. 조금의 희망이 실현되기를 간절히 바라며 밤마다 대화를 엿들었다. 대화는 점점 내가 야구를 계속하는 쪽으로 흘러갔다. 나는 풍선에 바람을 천천히 넣는 기대감에 천천히 부풀었다.

열흘 후, 부모님께서 결정을 내리셨는지 나를 부르셨다.

"아빠는 훈이가 하고 싶은 야구 계속했으면 좋겠어."

나는 혹시 몰라 엄마께도 여쭤봤다.

"엄마는요?"

"나도 아빠 의견과 같아."

"감사해요. 저 열심히 할게요."


그 후 나는 체육 특기로 담임 선생님께서 추천해주신 고등학교에 들어갔다.

첫날부터 고등학교 야구부 선생님께서 부르셨다. 나는 무슨 일이실까 궁금해 하는 마음으로 교무실로 향했다. 나는 문을 두드리고 들어갔다. 선생님께서 나를 기다리고 계셨다고 하셨다.

"중학교 때 투수를 했는데 왜 이 지원서에는 타자라고 썼니?"

나는 말했다.

"선생님 저는 처음부터 타자를 하고 싶었어요. 하지만 중학교 때 선생님께서 투수를 더 잘할 것 같다고 하셔서 투수를 했어요. 투수를 하는 도중에도 저는 계속 타자를 하고 싶었어요. 그래서 타자로 지원했어요."

야구부 선생님께서 말씀하셨다.

"중학교 때는 계속 투수 연습만 했니?"

"아니요. 선생님께 부탁드려서 연습 후에 남아서 타자 연습을 했어요."

"실전 연습이 없구나. 계속 해온 아이들을 따라가려면 힘들 텐데. 괜찮겠니?"

"선생님 저 타자하고 싶어요."

"선생님이 네가 경기하는 걸 봤는데 아주 영리하게 잘하더라고. 연습시켜 보고 싶을 정도로 잘해서 선생님이 눈 여겨봤는데……. 타자에 대한 의지가 강하니?"

"네, 전 꼭 타자하고 싶어요. 바꿀 수 있는 마지막 기회 같아요."

"알겠다. 고민해보마."

다음날 야구부 선생님께서 부르셨다. 나는 긴장되는 마음으로 교무실로 향했다. 선생님의 표정은 읽을 수 없었다. 그래서 더 초조했다.

"다시 한 번 묻겠다. 타자하겠다는 생각 변함없는 거니?"

"네, 선생님."

"좋다. 그럼 타자를 하도록 해라."

"감사합니다, 선생님."

"의지가 강해서 네 뜻을 존중한 거니까, 더 열심히 하렴."

나는 들뜬 마음으로 대답했다.

"네, 감사합니다. 열심히 하겠습니다."

"내일 야구부원 모두 모이니까 점심 식사 후에 늦지 않게 오렴."

나는 점심 식사 후에 바로 야구장으로 갔다. 야구부 선생님께서 오른쪽으로는 투수 왼쪽으로는 타자로 모이라고 하셨다. 나는 기분 좋게 왼쪽으로 갔다.

8월에 있는 대회 우승을 목표로 열심히 하자고 하셨다. 고등학교는 야간 자율학습으로 하교가 너무 늦기 때문에 6교시부터 연습한다고 하셨다. 너무 많은 시간을 뺏으면 안 된다고 월, 수, 금, 토 일주일에 4번 연습을 한다고 하셨다. 하지만 경기 날짜가 가까워지면 더 많은 시간을 뺄 수도 있다고 하셨다.

고등학교는 중학교보다 더 빠르게 시간이 지나갔다. 그래서 며칠 안 지난 것 같은데 벌써 전국 고등학교 야구대회 날이 코앞으로 다가왔다. 우리 학교는 2년 연속 우승해 이번 대회 막강한 우승후보가 되었다. 중학교보다 야구부의 수가 적어 8개의 학교가 참가했다. 경기 방식은 중학교 때와 동일했다.

나는 1학년임에도 7번 타자였다.

나는 준결승전에서 7회 말 2 사 1-3루에 홈런을 쳤다. 그래서 단번에 7 : 5로 역전해 승리했다.

결승전에서도 2루타를 쳐 경기에서 승리를 거두었다. 나는 대회에서 좋은 성적을 거뒀다. 고등학교 대회는 중학교 때와 달리 MVP가 있다. 그래서 대회 우승을 발표한 후 MVP를 발표한다. 우리 팀은 우승을 해 트로피와 상금을 받고 기분 좋게 시상식이 끝나길 기다리고 있었다.

그런데 놀랍게도 MVP 수상을 할 때 내 이름이 불렸다. 나는 깜짝 놀라 머리 한 대 맞은 것처럼 멍해진 상태로 나가 상과 상품을 받았다. 아직 정신을 차리지 못한 상태에서 나는 수상소감을 발표했다.

"투수에서 타자로 바꾼 지 1년도 안 됐는데 좋은 상을 주셔서 감사합니다. 더 열심히 하겠습니다."

나는 많이 놀랐지만 너무 좋았다. 너무나 값진 상이었다. 말로 표현할 수 없을 만큼 말이다. 야구부원 모두가 자랑스러워하며 칭찬해줬다. 이 순간을 평생 잊지 못할 것 같다.

대회가 끝나고 내 목표를 정리할 시기가 온 것 같았다. 그래서 생각했는데 나에게는 새로운 목표가 생겼다. MLB(메이저리그)에 들어가는 것이다. 계단을 오르듯 한 칸 한 칸 전진해 나가 목표에 도달할 것이다. 목표를 이룬다면 나는 또 다른 목표를 만들 것이고 또 이룰 것이다.

나는 집안이 순식간에 풍비박산이 나서 내 꿈, 목표에 한계를 느꼈다. 그러던 중에 운 좋게 야구부 선생님 눈에 들어 야구부원이 돼 전국 대회 우승도 하고 돈 걱정 안 하고 내가 하고 싶은 꿈을 찾았다. 나는 경제적 한계를 넘어 내 목표를 이룰 것이다. 또, 꿈을 이뤄 나를 도와주신 모든 분들 앞에 자랑스럽게 나타나고 싶다.

그리고 세상에도 보여주고 싶다.
내가 극복하기 어려운 한계와 절망이 있다고 해도,
꿈에 대한 열정만 품고 있다면
누구나 꿈을 이룰 수 있다고.

## 작가의 말

처음 글을 쓸 때는 따뜻함을 넘어 뜨거운 봄이었는데 글이 완성된 때는 추워서 손을 꺼내 놓을 수 없는 겨울이 되었다.

내가 처음으로 쓴 소설이기에 책으로 내기에는 부족해 많이 부끄럽다. 소설에는 문외한이라 내가 절대 쓸 수 없는 범주에 있다고 생각했다. 그런데 그런 내가 소설을 쓰기 시작했다. 주제 정하기부터 주인공 이름 등등 기초적인 것조차 혼자 하기 힘들었다. 그래서 많은 사람의 도움도 받고 혼자 공부도 했다. 하지만 어려운 건 어려운 거였다.

그렇게 '뭘 써야 할까?'라는 긴 고민 끝에 '요새 관심이 있는 야구를 쓰면 어떨까?'라는 생각이 들어 주제를 야구로 잡고 하나하나 채워 나갔다. 채워 나가면서 전혀 느껴보지 못한 뿌듯함을 느꼈다. 또, 같이 책을 쓴 친구들과 이끌어 주신 사서 선생님의 진심 어린 충고와 칭찬으로 끝까지 포기하지 않고 책을 완성할 수 있었던 것 같다.

또 제목인 until the almighty hit의 의미를 많이 궁금해 서 작가의 말에 꼭 넣고 싶었다. 제목의 until은 '-되기까지', almighty hit는 '한 경기에서 1루타, 2루타, 3루타, 홈런까지 모두 쳐 낸 타자'라는 의미이다.

소설의 주인공인 서훈의 인생에는 내 바람인 '목표를 갖고 자신의 꿈을 위해 나아가는 것. 어떤 고난과 역경에도 가느다란 나뭇가지처럼 흔들리지 않고 굳건하게 지키는 것.'을 넣었다. 그리고 이 소설은 집안 사정이 한순간에 나락으로 떨어지는 주인공이 자신의 꿈을 위해 노력하는 내용이다. 주인공은 안 좋은 상황을 자신만의 방법으로 극복하고 있다. 주인공이 상황을 극복하는 과정과 서훈의 인생을 보고 힘든 상황에 있다면 조금의 위로를 받았으면 좋겠다고 생각하면서 썼다.

# 꿈 꾸는 이유

이수민

# 『훈』

오늘도 아침에 눈이 떠졌고 여전히 나는 숨을 쉬고 있었다. 전날 밤에 빌었던 나의 소원은 처참히 묻힌 듯하다. 그렇게 여집합처럼 나를 빼고 다른 사람들에게는 기분 좋은 하루가 시작되었다. 여느 때와 다름없이 일어나 학교에 갈 채비를 하고 학교에 갔다. 오늘은 학교에서 죽은 듯이 있겠다고 다짐을 한 후에 책상에 엎드렸지만 나의 그러한 다짐은 책상에 엎드린 지 얼마 되지 않아서 금방 끝나버렸다.

"야, 일어나 봐. 쟤가 너 부른다."

나를 부르는 듯한 소리. 엎드려  던 나는 고개를 들었다. 그랬더니 내 옆자리에 앉은 아이가 어떤 아이를 가리키고 있었다.

'제발 나를 부른 아이가 내가 생각하는 아이가 아니기를.'

그 짧은 순간에 수십 번은 속으로 생각하며 그 아이의 손가락이 가리키는 곳으로 천천히 고개를 돌렸다. 제발 아니기를 바랐는데 그 아이의 손가락이 가리키는 곳에는 화가 나 무서운 표정인 도윤이가 나를 노려보고 있었다.

도윤이가 나를 노려보는 이유는 아마 그것 때문일 것이다. 내가 어제 도윤이의 부름에 돈을 들고 나가지 않았다는 것. 지금도 어제처럼 도윤이한테 가고 싶지 않지만 그 후에 일어나게 될 후폭풍이 두려워 아무런 대꾸도 하지 않고 도윤이에게 다가갔다. 반항조차 하지 않았다.

"왜…… . 왜 불렀어? 나를…… ."

"야, 조훈! 어제 왜 돈 가지고 안 나왔냐?"

내 예상이 맞았다. 이런 일이 가끔 있었다. 이런 상황이 벌어지면 항상 마음속으로는 '내가 왜 네가 부를 때마다 나가야 되냐'고 수백 번은 넘게 소리쳤지만 정작 내 입 밖으로 나오는 말은 "미안해."였다. 항상 나는 미안하다는 말로 이런 상황들을 벗어나려고 했고, 오늘도 마찬가지였다. 내가 미안하다고 머리를 조아리니 도윤이는 그런 나의 비굴함이 마음에 들었다는 듯이 한

쪽 입꼬리가 올라갔다. 그런 그 아이의 모습이 마치 나에게는 악마 같았고 마음에 안 들었지만 겉으로 드러낼 수 없었다.

다행히 도윤이가 더 이상 나에게 할 말도 없고 더 이상의 괴롭힘도 없을 것만 같아 도로 내 자리로 돌아가려고 뒤를 도는 순간 도윤이가 나를 다시 불러 세웠다.

"야! 그럼 그건 사 왔냐?"

그거? 그거라면……. 아! 담배! 담배에 대해서는 완전히 잊고 있었다. 어떻게든 도윤에게 변명을 하려고 했지만, 내가 잊어버려 못 샀다는 것을 도윤이도 눈치챈 것 같다.

"따라와."

도윤이의 그 한 마디가 나는 너무 무섭다. 아마 또 괴롭힘을 당하겠지. '어차피 늘 겪던 일인데 뭐 어때' 라는 생각이 내 머릿속에 자리 잡히면서 더 이상 생각이라는 것을 안 하게 되었다.

분명 도윤이가 나를 괴롭힐 때는 1층까지 내려갔지만, 오늘은 2층에서 멈추었다. 뒤따라가던 나는 의아했지만, 도윤이는 나를 복도에 세워두고는 혼자 교무실로 들어갔다.

시간이 조금 지나 나온 도윤이의 손에는 외출증이 들려 있었다. 그는 자신의 손에 있던 외출증을 나에게 주면서 "지금 당장 나가서 그거 사 와. 담임한테는 너 아파서 병원 다녀온다고 둘러댔으니깐. 돈은 알아서 하고."라고 하였다.

기분 나쁜 속삭임이었다. 듣기 거북했다. 도윤이는 나에게 속삭인 후 뒤도 안 돌아보고 바로 교실로 향했다. 도윤이가 교실로 올라가는 뒷모습만 바라보다 울컥 치밀어 오르는 무언가 때문에 선생님께 모든 것을 말해야겠다고 다짐을 했고 혼자 다시 교무실로 들어갔다.

교무실로 들어가자마자 담임 선생님 자리를 단숨에 찾아갔다. 선생님을 보고 '도윤이가 아까 선생님께 한 말은 전부 거짓말이에요. 도윤이가 저한테 담배 심부름 시키려고 그런 거예요. 저 하나도 안 아파요. 외출증 같은 건 필요 없어요.' 라는 말들을 하고 싶었지만 차마 입 밖으로 말하지는 못 했다. 오히려 나온 말은 속마음들과는 전혀 어울리지 않는 말이었다.

"선생님 저 너무 아픈 거 같은데 외출증 말고 조퇴증으로 주시면 안 될까요?"

이 말을 하고 왜 이렇게 말했을까 후회도 했다. 돌아오는 선생님의 답변이 반에 갈 수 없는 나를 더욱 당황시켰다.

"그 정도로 많이 아프니? 조금만 참아보는 건 어때? 야자는 빼줄 수도 있지만, 수업을 빼면 생기부에 들어갈 텐데 괜찮겠니? 벌써 고2잖니. 이제 슬슬 대학도 준비해야 하는데 생기부에 그런 거 남으면 오히려 너한테 더 안 좋을 텐데. 교실에 가서 조금만 더 참아볼래? 많이 아프면 보건실에서 잠시 쉬는 것도 괜찮고."

교실에 돌아가라니 그럼 도윤이가 나를 정말로 가만히 두지 않을 것이다. 어떻게든 교실로 돌아가지 않을 방법을 생각해 내야 하는데 더 이상은 힘들어서 그냥 야자가 시작되기 전까지는 보건실에 있다가 학교를 나가기로 결정했다. 그렇게 나는 보건실 침대에서 잠이 들었다.

꿈을 꾸었고 그것은 분명 행복한 꿈이었다. 기억이 잘 나지는 않지만 일어났을 때의 나는 웃고 있었다.

일어나서 주위를 둘러보니 보건실 선생님께서도 어딜 가셨는지 아무도 없었다. 시계를 보니 야자 1교시가 시작한 후였다.

바로 보건실을 나와 교무실로 가 선생님과 잠시 이야기를 나눈 후에 학교 밖을 나왔다. 반에 가서 가방과 신발을 찾아야 하지만 그랬다가는 도윤이에게 들킬까 봐서 그냥 교무실에서 휴대폰만 들고 실내화를 신은 채로 집으로 향했다.

집에 가니 역시나 아무도 없었다. 그래도 이게 나았다. 지옥 같은 학교보다는 아무도 없어 외롭지만 잠깐의 여유 정도는 즐길 수 있는 집. 나에게 있어서는 잠시 동안 현실을 도피할 수 있는 유일한 공간이었으니깐. 오늘도 침대에 누워 내일이 다시는 돌아오지 말거나 돌아와도 내가 숨을 쉬지 않으면 좋겠다고 빌다가 잠이 들었다.

역시나.

운이 안 좋게도 나에게는 또다시 새로운 날이 찾아왔다. 오늘도 여전히 숨을 쉬고 있었다. 보건실 침대에서 꾸었던 꿈을 다시 한 번 또 꾸었다. 그 꿈이 자세히는 기억이 안 나도 꿈에서 도윤이가 나왔고 도윤이와 나는 친한 친구 사이였다. 아마 3년 전 중2 때를 꿈으로 꾼 것 같다. 그렇게 나는 화가 나있을 도윤이를 상상하며 학교에 갈 채비를 하였다.

『도윤』

훈이에게 외출증을 주고 바로 교실로 돌아왔을 때 친구들이 물었다.

"너는 왜 훈이 그 자식만 괴롭히냐? 반응이 재미있긴 한데 이제 슬슬 질리지도 않냐? 그리고 너랑 걔 전에는 친한 사이였던 것 같은데 아냐?"

"맞지. 친한 사이였지. 근데 지금은 아냐."

"많이 친했었잖아. 근데 왜 이런 사이까지 됐냐?"

"내가 훈이를 괴롭히는 이유를 묻는 거냐? 솔직히 이유는 없어. 너는 누구 괴롭힐 때 무슨 이유가 있냐?"

정작 친구에게는 이렇게 말했지만 나에게는 나름 조훈을 괴롭히는 데는 이유가 있다. 솔직히 말하면 나의 열등감으로 볼 수도 있다. 훈이와 내가 이런 사이가 되기 전에는 정말 둘도 없는 친구였는데, 이런 사이가 된 지금은 둘 중 하나가 사라져야 될 것만 같다.

그렇게 그 녀석과 친했던 기억이 떠오를 때쯤 수입이 끝났다.

야자가 시작되어도 훈이 그 자식은 돌아오지 않았다.

'설마 이 자식, 반에 가방, 신발까지 다 놓고 집에 간 거야?'

훈이가 다시 학교를 오면 바로 한마디를 하려고 마음을 먹었지만 훈이는 다시 반으로 오질 않았다.

그렇게 학교가 끝나고 놀자는 친구들의 권유도 무시한 채 바로 집으로 돌아가서 잠을 청했다.

꿈속에서 나와 훈이는 그 어느 때보다 친한 사이였다. 서로 너무나도 행복한 표정을 짓고 있었고 둘도 없는 친구 사이였다. 그 꿈은 나에게 왠지 모를 죄책감을 느끼게 했다.

그래도 어제 아무 말 없이 간 훈이 그 자식이 하도 괘씸해서 학교를 가기로 마음을 먹고 평소와 다르게 아침 일찍 일어났다.

학교에 가니 몇몇이 와있긴 했지만 훈이는 보이지 않았다. 그렇게 조회가 끝나갈 때쯤, 쥐새끼마냥 조심스럽게 들어오는 훈이가 보였다. 그 녀석은 들어오자마자 내 눈치를 살피고 있다. 저 표정과 모습 매우 마음에 든다. 늘 저런 모습들을 볼 때마다 나도 모르게 한쪽 입꼬리가 올라간다. 내 눈치를 살피던 훈이와 훈이의 찌질한 모습을 보던 나의 눈이 마주쳤고 나는 입 모양으로 '조회 끝나고 바로 내 자리로 와.'라고 통보했다. 그 녀석은 이내 나에게서 눈을 돌렸고 자리에 앉은 뒷모습만 보아도 많이 떨고 있는 것이 보였다.

조회가 끝나고 1교시가 시작되기 전에 훈이가 나에게 주춤거리면서 왔다. 한눈에 봐도 긴장하고 있다는 것을 알 수 있었다.

"미안……. 어제는 정말로 너무 아파서."

"야, 왜 그래? 나는 아직 아무것도 안 물어봤는데. 누가 보면 내가 너 괴롭히는 줄 알겠다. 안 그래?"

일부러 반 아이들한테 들리도록 크게 말했다. 이렇게 하면 반 아이들은 나와 훈이에게서 눈을 돌린다. 그럼 나는 마치 내가 최고가 된 것마냥 으쓱해지고 반 아이들은 다음 타깃이 자신이 될까 봐서 절대로 뒤를 돌아보지 않는다.

그렇게 한참 동안 훈이는 말이 없었다.

"왜 말을 안 해? 내가 널 때렸니? 난 그냥 물었잖아. 다른 건 안 궁금하니깐 그것만 말해 사 왔냐, 안 사 왔냐? 내가 지금 뭘 사 왔냐고 묻는지는 알지?"

"미안……. 그것도 진짜 사려고 했는데…….."

훈이가 주춤대는 사이에 1교시 담당 선생님이 들어왔고 한참을 나와 훈이를 번갈아가면서 쳐다보더니 그냥 자리에 앉으라고 하였다. 역시 범생이라는 이미지가 이럴 때는 좋은 것 같았다.

1교시가 끝나고 훈이를 바로 학교 뒤편으로 데리고 갔다. 그쪽은 학생들도 자주 오지 않고 선생님들도 관여를 안 하는 곳이라서 훈이를 때릴 때마다 애용하는 곳이다. 오늘도 훈이가 내 발을 잡으면서 잘못했다고 빌 때까지 때릴 것이다.

『훈』

혹시나 했는데 역시나 오늘도 맞았다.

중3 때부터 달라진 도윤이. 왜 달라졌는지는 아직도 모르겠다. 도윤이가 나를 죽도록 부려먹고 마음에 안 들 때마다 때리고 괴롭힌 지가 거의 3년 동안 이어졌다.

이대로 아픈 몸을 이끌고 수업을 들으러 가기에는 몸도 마음도 너무 지쳐서 결국 보건실로 갔다. 어째 내가 올 때마다 보건실 선생님은 안 계신 것 같았다. 그래도 그게 차라리 낫다. 선생님이 왜 이렇게 맞았냐고 물어보시면 당황스럽기 때문이다.

혼자 다친 곳을 치료하고 교실로 돌아갈 기분이 나질 않아서 보건실 침대에 소용히 누웠다. 그렇게 누워서 곰곰이 생각이란 것을 해봤다. 내가 왜 이렇게 괴롭힘을 당하고 살아야 하는가. 정말 내가 그 애에게 무엇을 잘못한 건가. 아무리 생각해도 정말 왜 괴롭힘을 당하고 살아야 하는지 내가 그 애에게 잘못한 것이 무엇인지 떠오르지 않았다.

그렇게 한참을 고민하다가 일단 '조퇴증을 받아 집에 가자.'라는 결론이 났고 보건실에서 조금 더 안정을 취한 후 담임 선생님께 갔다. 다행히도 담임 선생님께서는 수업이 없으셨는지 자리에 계셨다.

선생님께 다가가려는데 왠지 반가운 마음에 눈물이 쏟아질 뻔하였다. 그래도 참으면서 선생님께 다가가 울먹이며 말했다.

"선생님, 오늘은 정말 어제보다 더 아파서 그런데 지금 조퇴증 끊어주실 수 있으세요?"

선생님은 내가 울먹이듯 말하자 당황하시다가 "다음부터는 그러면 안 돼. 조퇴한 건 생기부에 기록이 남는단 말이야. 너도 대학은 가야지. 오늘까지만 해줄게. 다음부터는 되도록 참아보렴."이라고 말씀하시고는 조퇴증을 끊어주셨다.

담임 선생님께 핸드폰과 조퇴증을 받고 반으로 들어가니 한참 2교시 수업 중이었다. 하필이면 무서운 사회 수업시간이었지만, 늦게 들어온 날 혼내지 않으셨다. 아마 반장인 도윤이가 잘 둘러댄 탓이겠지만. 아무튼 선생님께 조퇴증을 보여드리고는 바로 가방과 신발을 들고 반을 나왔다.

그렇게 어제처럼 곧장 집으로 갔다. 집으로 가니 오늘도 어제처럼 반겨주는 이가 하나 없었지만, 그래도 포근하였다. 침대에 누우니 갑자기 억울함이 몰려왔고 그렇게 한참을 울다 지쳐 잠들었다.

나는 또다시 새로운 아침을 맞이했고 또 그때의 즐거웠던 꿈을 꿨다. 꿈에서의 도윤이와 어제의 도윤이. 정말 같은 인물이 맞나, 하는 생각과 다시 드는 억울함에 다시 한 번 눈물이 흘러나왔다.

그래도 학교는 가야 한다는 마음에 침대에서 일어나려고 하였지만, 온몸이 욱신거리며 아파 움직일 힘이 없었다. 어쩔 수 없이 결석을 하게 될 것 같다고 말을 하기 위해 담임 선생님께 전화를 걸었다. 선생님은 신호음이 3번쯤 지났을까? 바로 받으셨다.

"여보세요? 훈이니?"

"선생님 저 오늘 몸이 너무 안 좋아서 학교 못 갈 것 같아요."

"훈아, 너 그렇게 학교를 자주 빠지면 대학 못 갈지도 몰라. 성적은 좋지만 수업 일수가 모자라면 유급을 해야 할지도 모르고. 부모님과 통화는 가능하니? 선생님이 부모님께 한 번 말씀드릴게. 차라리 1교시만이라도 듣고 조퇴를 하는 게 낫지 않을까?"

선생님이 나를 걱정하는 게 단번에 느껴졌지만 선생님의 친절이 나는 그리 반갑지는 않았다.

솔직히 대학을 못 가든지 가든지는 상관이 없다. 그냥 지옥 같은 학교생활을 벗어나고 싶다. 차라리 유급하는 것도 괜찮다. 그러면 더 이상 도윤이를 같은 학년, 반에서 만날 일 같은 것은 없을 테니 말이다. 그리고 제일 중요한 고3에도 도윤이는 나를 학교에서만큼은 괴롭힐 수 없게 될 테니깐.

내가 이런저런 생각을 하느라 대답을 못 하고 있을 때쯤 전화기 너머에서 선생님의 목소리가 다시 들려왔다.

"훈아, 부모님이 지금 계시면 바꿔 줄 수 있니?"

"부모님이요? 아……. 지금 안 계세요."

"두 분 다 안 계시니?"

"네……. 두 분 다 일 나가셔서 집에는 잘 안 들어오시는 경우가 더 많아요. 죄송합니다."

"아냐. 아냐. 네가 왜 나한테 죄송해. 그냥 오늘 하루는 푹 쉬고 내일은 꼭 학교와야 한다."

선생님과의 전화통화로 인해 나는 오랜만에 부모님 생각을 하게 되었다. 두 분이 다 맞벌이를 하시느라 평소에는 얼굴 보기도 힘들다. 주말에 간신히 시간이 난다고 한들 놀러 기 본 적은 한 번도 없었다.

그래서 항상 나는 집 안보다는 집 밖이 더 좋았다. 어렸을 때에는 외로운 혼자만의 시간보다는 나와 항상 같이 있어주는 도윤이가 있는 집 밖이 훨씬 더 좋고 즐거웠다.

하지만 중3 때부터는 그게 아니었다. 정반대가 되었다. 혼자인 집이 좋아졌고 언제나 상대에게 상처를 줄 바에는 이렇게 혼자인 것이 훨씬 낫다고 생각되었다.

오늘도 평소처럼 집에서 혼자 보냈다. 학교에 야자가 끝날 때쯤에 일찍 자기 위해 침대에 누웠다. 마지막으로 핸드폰에 온 소식들을 보려는데 10시쯤에 도윤에게 문자가 와 있었다.

'야, 오늘 학교 왜 안 왔냐?'

이 글을 보고는 나는 처음에는 도윤이가 나를 걱정하는 줄 알았다. 하지만 바로 다음 말을 듣고 바로 그 생각을 접었다.

'돈 필요했는데, 네가 없어서 불편했잖아! 내일은 오늘 못 가져온 만큼 가져와라. 알았냐?'

이 글을 읽고 단번에 알아차렸다. 아……. 내일도 나는 힘들겠구나……. 문자를 읽고 나는 답장도 하지 않았다. 후폭풍이 어떨지 대충 예상은 되지만 그래도 그냥 소위 말하는 읽씹을 하였다. 답장을 했다가는 지금 당장 나가게 될까 봐서…….

핸드폰을 그대로 충전기에 꽂아놓고 침대에 누워서 한참 고민을 했다.

며칠 전에 학교에서 시행된 학교폭력예방교육. 거기에서는 학교폭력을 당하면 117에 전화를 하거나 부모님 또는 담임 선생님께 말하라고 하였다. 117에 전화를 하면 부모님까지 알게 될 텐데 부모님께는 피해가 안 가게하고 싶었다. 그래서 결국 담임 선생님께 말해야겠다는 결론을 짓고 나서 잠에 들었다.

항상 새로운 아침을 맞이할 때면 짜증이 낫지만 그래도 오늘은 선생님께 말을 하면 해결이 가능하다는 생각에 조금은 들뜬 마음으로 학교를 갔다.

오늘따라 평소보다 일찍 일어나서 일찍 학교에 도착하니 반에 애들이 별로 없었다. 다행히 도윤이도 없었다. 반에 가방만 놓고 교무실로 내려갔다. 운이 좋게도 담임 선생님께서는 자리에 계셨다. 마음을 단단히 먹고 왔지만 막상 담임 선생님을 보니 눈물이 나올 것 같아 주먹을 꽉 쥐어보았다.

선생님은 평소와 같이 나를 보시고는 할 말이 있으면 하라고 하셨다. 결국 선생님께 지금까지 학교폭력을 당해왔다고 말씀을 드렸다. 선생님은 한참 동안 말씀이 없으시다가 일단은 반에 가있으라고 하셨다. 그렇게 바로 조치를 취해 주실 줄 알았는데 1교시가 지나도 선생님은 아무런 조치를 취해주시지 않으셨고 나는 당황스러웠다.

그렇게 점심시간이 끝나갈 무렵쯤에서야 담임 선생님이 반에 오셨다. 선생님은 5교시가 시작하기 전에 전달사항이 있다고 하셨다.

'설마 아까 내가 한 이야기를 이렇게 공개적으로 하시려는 것은 아니겠지?'

선생님은 반에 들어오셔서 작은 종이를 나누어 주셨다.

"다들 종이 다 받았니? 받았으면 일단 맨 위에 이름을 써주겠니? 다 썼으면 1번 하고 O. X로 '나는 학교폭력을 당하고 있다 혹을 당하는 것을 본 적이 있다'를 적으렴. 꼭 O, X 둘 중 하나여야 해."

선생님의 말씀이 끝나기도 전에 애들이 종이에 적는 소리가 들렸다. 적는 소리가 끝날 때쯤 선생님은 다시 입을 여셨다.

"1번까지 다 적었으면 2번은 1번에 O라고 적은 아이들과 만약 학교폭력을 당하는 것을 본 아이들만 적어도 된단다. 2번에는 누구한테 학교폭력을 어떻게 당했는지 또는 누가 누구를 괴롭히는 것을 봤는지를 쓰면 돼."

이번에는 되게 나만 쓰는 기분이 들었지만 그래도 나는 꿋꿋이 적어 냈다. 하지만 정말 뜻밖에도 선생님은 학교폭력 조사지를 반장 보고 걷으라고 하셨다. 반장은 도윤이었기 때문에 나는 긴장을 하였다.

『도윤』

선생님이 갑자기 학교폭력 조사를 하기 시작하셨다. 평소에도 자주 하는 것이기 때문에 별다른 생각은 하지 않았다.

그런데 2번을 쓸 때 유난히 훈이가 주위를 경계하며 적었다. 아무리 생각해도 훈이 그 자식이 2번에 나에 대해 적은 것만 같았다.

선생님이 설문지를 뒤에서부터 차례대로 걷어서 반장인 나보고 번호대로 정리를 하라고 시키셨다. 그렇게 각 줄 끝에 앉은 아이들에게 설문지를 전달받아 번호대로 정리를 하는데 유독 눈에 띄는 설문지가 하나 있었다.

유난히 빼곡히 적혀 있어서 눈이 더욱 갔다. 이름을 보니 훈이 그 자식이었다. 2번에 내 이름이 적혀 있는 것을 확인하고 빼려고 하다 선생님 앞이라는 것을 다시 자각하고 그냥 순서대로 정리하여 선생님께 드렸다.

6교시가 끝났을 때쯤에 담임 선생님이 반으로 오셔서 나와 훈이를 찾으셨다. 훈이가 나를 썼다는 것을 이미 알아차렸기 때문에 긴장이 되거나 하지는 않았다. 그냥 태연하게 아무 일도 모른다는 순진한 얼굴로 선생님을 따라갔다.

선생님의 표정을 보니 매우 심각하셨고, 따라서 나도 심각해졌다. 선생님은 한참을 고민하신 후에야 말을 하시기 시작하셨다.

"음……. 도윤아 혹시 최근에 훈이를 때린 적이 있니?"

"네? 그게 무슨 말씀이세요? 제가 반장인데 반 친구들과 사이좋게 지내야지 어떻게 반 친구인 훈이를 때릴 수가 있겠어요?"

한두 번 해본 거짓말이 아니었기에 수월하게 말할 수 있었다. 그리고 늘 비슷한 선생님들의 말씀이 들려왔다.

"아……. 그럼 훈이가 착각을 한 건가 보구나. 훈이만 학교폭력 조사지 1번에 O라고 체크했거든. 그래서 선생님은 솔직히 살짝 걱정했는데…… 남자애들이 같이 지내다 보면 다툼이 있을 수도 있지. 원래 애들은 싸우면서 큰다고 하잖니, 안 그러니? 훈아, 그냥 여기서 서로 악수 한 번 하고 화해하면 될 것 같다고 선생님은 생각하는데 훈이는 어떻게 생각하니?"

"네……. 제 생각에도 그게 나을 것 같아요……."

"도윤아 미안해. 내가 착각을 한 건가 봐."

역시나 똑같은 레퍼토리. 선생님들은 왜 항상 범생이 말들은 이렇게 잘 들어 주시는 걸까? 정말 너무 좋다. 그렇게 유유히 교무실을 빠져나오고 훈이에게만 들릴 만한 소리로 말했다.

"그러게. 그냥 가만히 있었으면 좋았잖아. 왜 일을 크게 벌려가지고, 응? 그다음 쉬는 시간에 늘 오던 곳으로 와. 알았지?"

훈이는 두려움이 가득 차 있는 얼굴이었지만 나는 딱히 신경 쓰지 않았다.

정말 그다음 쉬는 시간에 훈이는 늘 맞던 곳에 먼저 와 있었고 나는 저번보다 더 심하게 때렸다. 오늘도 훈이는 때리는 나의 다리를 붙잡고는 미안하다고 그만 때려달라고 애원했다. 나는 그런 훈이에게 "그러게. 적당히 기어올랐어야지."라고 말해준 후, 친구들과 반으로 먼저 올라왔다.

예전에는 훈이를 때리고 나서는 조금의 죄책감이 남아 있었지만, 지금은 그런 것 따위는 전혀 느껴지지 않았다. 가끔은 내가 생각해도 내가 악마가 되어 있는 기분이었다.

어쩌다가 우리가 여기까지 왔을까?

훈이를 평소보다 더 센 강도로 괴롭힌 그날 밤 꿈을 꾸었다. 너무 생생하게 기억이 나는 꿈이었다. 꿈속에서는 중3이 되기 전부터 지금까지의 나와 훈이가 나왔다. 꿈속에서 나는 훈이 몸 속에 들어가 있는 듯이 그때 훈이가 느꼈을 만한 훈이의 감정들을 그대로 느낄 수 있었다. 꿈이 시작했을 때 우리는 서로에게 둘도 없는 친구였다. 정말 그 어느 누구보다 서로를 이해해줬고, 같이 어울려 다녔다. 그리고 꿈속에서의 나 그러니깐 쉽게 말해 훈이는 나를 닮은 아이에게 유독 의지하였다. 그런데 어느 날부터인가 갑자기 나와 똑같은 얼굴을 한 아이가 훈이 몸 속에 있는 나를 너무나도 처참하게 짓밟았다. 나는 나와 똑같은 얼굴을 한 아이에게 아무런 잘못도 하지 않는데 정말 아무런 이유 없이 그 아이는 나를 괴롭히기 시작했다. 내가 이유도 모른 채 그 아이에게 미안하다고 잘못했다고 빌어도 그 아이는 들은 척도 하지 않고 때리기만 했다. 정말 악마를 보는 듯했다. 비록 꿈이었지만 고통은 그대로 전해지는 듯했다. 정말 아팠다. 몸도 마음도 너무 만신창이가 된 것만 같았다.

나는 꿈인 걸 이미 자각했었지만 깨어나기는 어려웠다.

한참을 괴롭힘에 시달리고 있을 때 알람 소리가 들렸고 그제서야 꿈속에서 벗어날 수 있었다. 일어나자마자 나는 거울부터 확인했다. 거울 속에서 나는 꿈속에서의 악마였다. 아마 그 악마는 훈이가 느끼는 실제의 나였겠지…….

너무 끔찍한 모습이었다. 무서웠다.

그 꿈을 꾸고 나니 지금까지의 훈이의 마음이 이해가 되기 시작했다. 지금까지 내가 훈이에게 무슨 짓을 한 건지 진짜 죽을 죄를 지은 것만 같았다. 지금 당장이라도 훈이에게 달려가 사과를 하고 싶었다. 그렇게 무작정 '훈이네 집을 찾아갈까?' 라는 생각도 하였지만 그건 훈이가 더욱 싫어할 것 같다는 생각이 들었다. 결국 나는 학교에서 사과를 해야겠다는 생각으로 학교를 갔다. 그런데 훈이는 오지 않았다.

왠지 더 불안해지기 시작했다. 왜냐면 내가 꿨던 꿈의 마지막은 꿈속에서의 나, 그러니깐 훈이의 자살이었기 때문이다.


『훈』


선생님께 지난 일들은 모두 말해드리고 학교폭력 조사지에도 적어 냈지만 돌아오는 것은 선생님의 무관심과 도윤이의 폭력뿐이었다. 최소한 선생님께 말씀드리면 조금이라도 '괜찮아지겠지…….', '나아지겠지…….' 라고 생각했던 내가 바보였다. 이제 더 이상 내 편이 없다는 것을 깨달았을 때의 기분은 정말 최악이다. 내가 살아온 모든 것이 수포로 돌아가는 것만 같았고 내가 지금 죽어도 아무도 슬퍼할 것 같지 않았다. 내가 할 수 있는 것이라고는 현실을 도피하기 위해 항상 나를 보듬어주는 침대에 누워서 현실과는 동떨어져 있는 꿈을 꾸는 것. 그리고 항상 마주하기 싫은 따스한 햇살을 마주하는 것. 따스한 햇살을 마주했을 때 다른 사람들의 기분을 어떨지 상상해 보는 것. 그리고 그 기분이 내 기분이었으면 좋겠다고 소원을 빌어보는 것……. 지금 이런 순간에 이런 것들밖에 할 수 없는 나 스스로를 증오하고 나를 이렇게 만든 모두를 저주하고 싶다.

지금 내가 죽는다면 다들 어떨지 궁금하다. 도윤이는 조금이나마 죄책감을 느낄까? 담임 선생님은 그때 자신이 그렇게 쉽게 넘어가지만 않으면 막을 수 있었을 거라고 자책을 하실까? 부모님은 나를 항상 혼자 내버려 둔 것에 큰 후회를 하실까? 내 생각에는 아무도 이러지 않을 것 같다.

도윤이는 아마 아쉬워하겠지. 자신의 지갑이 사라졌으니……. 담임 선생님은 후회하시겠지. 나의 죽음을 막지 못한 선생님이라고 낙인이 찍혀 다시는 사회생활하기가 어려우실 테니깐……. 아마 부모님은 조금이라도 후회하시고 나를 걱정해 주실지도 모른다……. 조금이나마 부정적으로 생각을 하고 나니 세상과 이제 멀어지는 일을 하는 것에 대한 반감은 사라지고 훨씬 더 쉬워지는 것만 같았다. 이제 거의 3년 정도 동안 생각해왔던 일을 실행해 볼 수 있을 것만 같은 기분이 들었다.

실행하기 위해 필요한 건 딱 하나다. 단번에 내 손목에 있는 핏줄을 끊어줄 수 있을 정도로 날카로운 커터 칼. 커터 칼의 날이 뾰족한지 확인하기 위해 손등에 먼저 작은 상처를 내보았다. 손등에 낸 상처는 작지만 쓰라리고 따갑고 아팠다. 이걸로 손목에 있는 핏줄을 끊기 위해 더욱 깊숙하게 찔러야 되는데 내가 그 아픔을 감당할 수 있는지 잠시 고민이 됐지만, 지금까지 내가 당한 고통들과 앞으로 당하게 될 고통들을 생각하면 이 정도의 고통은 아무렇지 않게 느껴졌다. 그렇게 실행하겠다는 다짐을 하고 커터 칼로 천천히 손목을 찌르기 시작했고 나는 작게나마 비명을 지르기 시작했다. 이때부터의 기억은 희미하다.

그렇게 정신을 차리고 보니 나는 병원에 입원해 있었다. 그나마 기억하는 것은 따뜻한 피가 내 손목에서 흘러나왔다는 것과 쓰러졌을 때 들렸던 부모님들의 외침이 다였다. 칼로 찔렀던 좌측 손목을 보니 그냥 핏줄과는 살짝 멀어 보이는 한 부분만 깊게 상처가 나 있었고 손등의 작은 상처에는 밴드가 붙어 있었다. 내가 찌르고 내가 내 손목에서 나오는 피를 보고서는 기절을 한 것만 같았다. 잠시 후 의사선생님과 함께 부모님이 울면서 들어오셨다. 부모님을 마주하니 눈물이 왈칵 쏟아졌다. 자살을 시도하기 전에 생각했던 부정적인 생각들 중 하나가 틀렸다는 것에 대해 안도감이 들었다. 그렇게 병실에서 오랜만에 한자리에 모인 우리는 잠시나마 이야기를 나누었다. 내가 쓸모없는 존재가 아니라는 사실에 부모님께 감사했다.

예전에 누가 나한테 그런 말을 해준 적이 있었다. 자살을 하기 위해 칼로 손목을 그을 때 확실하게 핏줄을 끊지 않았다는 것은 진짜로 죽고 싶어서 하는 게 아니라고 그저 주변 사람들이 자신을 얼마나 걱정하고 사랑하는지 알고 싶어서 하는 행위라고. 다 맞는 말인 것만 같다. 정말 나는 죽고 싶었던 게 아니었던 것 같다. 만약 내가 정말 죽고 싶었으면 한 번에 나의 핏줄을 끊었겠지. 그렇지 않았다는 것은 나도 누군가에게 '사랑을 받고 있구나'를 알고 싶어 한 것 같았다. 내가 쓸모없는 존재가 아니라는 것을 알고 싶었던 것만 같다.

그렇게 혼자 생각에 잠겨 있을 때쯤에 내가 여기 있는 줄 어떻게 알았는지 도윤이가 내 병실로 찾아왔다. 설마 여기서도 나를 괴롭히려고 온 것일까?

『도윤』

어젯밤 꿈속 이야기가 계속 머릿속에 맴돌았다. 늘 등교 시간에 딱 맞춰오던 훈이가 늦으니 더욱 다급해졌다. 그렇게 그냥 조회시간이 시작되었다.

"다들 자리에 앉아. 반장 저 자리 누구야?"

"훈인데요."

"그래. 훈이는 오늘 아프다고 연락이 왔고. 또 안 온 사람 없지?"

"네."

"그럼 1교시 준비하고 각자 할 일들 해. 조회는 여기서 끝이다."

훈이가 아프다는 말에 나는 '혹시 어제 꾼 꿈처럼 그 일이 벌어진 것은 아니겠지?' 라는 생각들로 인해 머릿속이 복잡해졌다. 어떻게 해서든 지금 당장 훈이를 만나고 싶었다. 나는 담임 선생님이 계신 2층 교무실까지 뛰어 내려갔다. 숨을 가쁘게 내쉬며 선생님께 물어보았다.

"혹시 훈이가 많이 아픈가요? 어디가 아프대요? 학교에는 그냥 아파서 안 온 거죠?"

"도윤아, 일단 진정하고 천천히 하나씩 말해주겠니?"

"훈이는 어디가 아파서 오늘 학교를 안 온 거래요?"

"선생님도 자세히는 모르겠지만 지금 병원에 입원해 있다고 들었어. 그래서 오늘 학교를 안 오는 것 같더라고."

"아……. 혹시 그러면 훈이가 어느 병원에 입원해 있는지 아세요?"

"선생님은 어둑새벽 병원이라고 들었는데……."

어둑새벽 병원이면……. 학교에서 그리 멀지 않은 병원이다. 선생님께 훈이가 입원해 있는 병원의 이름을 알아내고 야자도 뺐다. 교실로 돌아와서 가방을 들고 나와 버렸다. 곧바로 택시를 타고 훈이가 입원해 있다고 하는 병원으로 갔다.

병원 로비에 가서 조훈이 몇 호실에 있는지 물었다. 간호사들은 "환자분과 어떤 관계세요? 아무런 관계가 아니면 알려드릴 수가 없어요. 저희 병원은 환자분들의 개인 정보 같은 것들을 중요시하기 때문에……."라고 말했다. 같은 반 반장인데 학교에서 전달해줄 말이 있다고 했더니 207호로 기리고 했다.

훈이와 나의 관계라…….

대체 우린 무슨 관계였지?

나는 계단을 뛰어 올라갔다. 207호에 들어가니 다른 환자들은 가족이 와 있었지만 훈이는 혼자 침대에 누워 있었다.

나는 갑자기 주체할 수 없이 눈물이 쏟아졌고 훈이는 나를 보자마자 혐오한다는 듯한 표정을 지으면서 나가라고 소리쳤다.

"나는 너한테 정말로 할 말이 있어서 온 거야. 네가 진정할 때까지 밖에서 기다릴게. 진정되면 밖으로 나와 줘."

흥분한 훈이를 진정시키기 위해서 이 말만 하고 207호를 나와 문 앞에 있는 의자에 앉아 기다렸다. 거의 2시간이 지나가고 있었다.

훈이는 나오지 않겠지. 내가 꿈속에서의 훈이었어도 나오지 않았을 테니깐……

조금만 더 기다렸다가 병원 문이 닫기 전까지 나와야겠다는 생각을 하고 더 기다렸다.

그렇게 30분 정도가 지났을 때쯤 훈이가 문을 살짝 열었다. 아마 내가 아직 있나 없나 확인하고 싶었던 거겠지. 나와 눈이 마주쳤고 훈이는 당황하며 다시 들어갔다. 나는 훈이가 문을 잠그려고 하기 전에 문을 잡고 훈이에게 다급히 말했다.

"잠깐만, 아주 잠깐만 나랑 얘기 좀 하자."


『훈』


혼자만의 시간을 좀 가져보려고 하였지만, 도윤이가 찾아와서 방해했다. 도윤이가 병원에 처음 찾아온 것을 알아차렸을 때에는 정말 짜증이 났다. 나를 이렇게 절벽 끝까지 내몰고는 어떻게 그렇게 뻔뻔하게 왔는지 혐오스럽기까지 했다.

그런데 도윤이가 나에게 건네는 말투와 목소리에서 중2 때 따뜻했던 도윤이로 돌아온 것만 같아 순간 가슴이 먹먹해졌다.

그때의 우리라면 싸워도 금방 화해하고 훌훌 털어버릴 수 있었을 텐데.

그동안에 내가 당한 것을 보상이라도 받고 싶은 걸까, 도윤이가 그 죄 무게만큼 나를 기다리게 만들고 싶었다.

3시간 정도 지났을 때, 지금까지 도윤이가 나를 기다리고 있다면, 내가 나오기를 기다리고 있다면, 정말 나에게 할 말이 있는 것은 아닐까라는 생각에 문을 살짝 열어 고개만 내밀어 보았다.

도윤이는 보이지 않았다.

'역시 말로만 나에게 그런 것이었어.'

문을 닫으려고 했을 때 구석 의자에 앉아 있는 도윤이와 눈이 마주쳤고 나도 모르게 문을 닫아 버렸다.

심장이 쿵쾅거렸다.

사람의 마음이란 게 참 묘한 것 같았다. 자살을 시도할 때까지만 해도 도윤이를 죽이고 싶다고 생각했었다. 내 모든 것을 걸고 도윤이를 죽이고 나서 나도 따라 죽고 싶었다. 하지만 지금 다시 중2 때의 따스함을 가진 도윤이를 마주하니 도윤이를 더 이상 무시하고 외면할 수 없다는 것을 느꼈다. 그렇게 도윤이는 문을 완전히 열고 병실 안으로 다시 들어왔다.

들어온 도윤이는 나를 보자마자 사과를 하기 시작했다. 나는 도윤에게 사과를 바란 게 아니었다. 왜 나에게 이랬는지, 지금까지 도윤이의 속마음은 어떤 거였는지, 아직 나를 친구로 생각하는지가 궁금했다. 도윤에게 잠시 병원 로비에 있는 카페테리아에 가자고 했다. 거기라면 사람들의 눈치를 보지 않고 말할 수 있을 것 같았나보다.

도윤이가 카페테리아에 기서 먼지 음료를 주문부터 하였나. 노윤이는 나에게 어떤 것을 마실 거냐고 묻지 않은 채 내가 좋아하는 음료를 주문했다. 아직도 나에 대해서 많은 것을 기억하고 있는 것일까?

자리를 잡고 앉은 채 적막이 흘렀다.

둘 다 아무 말도 하지 않고 있다가 내가 먼저 입을 열었다.

"도윤아, 나한테 지금까지 왜 그랬어?"

지금까지 속으로만 수천 번은 물었던 질문을 드디어 입 밖으로 내뱉고 말았다.

떨리지만 후련했다.


『도윤』


훈이가 묻는다. 지금까지 자기한테 왜 그랬냐고 묻는데 나는 말을 바로 할 수가 없었다. 훈이에게 사과할 생각으로 여기까지 오면서 솔직히 지금까지 왜 그랬는지 이유를 계속 생각해 봤지만 확실한 이유는 없었다. 그냥 나보다 늘 잘 났던 훈이가 부러웠던 것뿐이었다. 혼자 잠시 생각에 잠겨 있었을 때 훈이가 나에게 또 한번 물어보았다.

"도윤아, 지금까지 나한테 왜 그랬냐니깐?" 순간적으로 나는 잠시 머뭇거렸지만 그래도 사실대로 말하는 것이 가장 최선의 방법이란 것을 알기에 털어놓았다. "일단은 훈아 미안하다. 미안하다는 말로 지금까지의 내 행동들이 다 용서가 안 될 거라는 거 알아. 근데 진짜로 너한테 미안해. 지금 당장 용서해 달라는 거 아냐. 앞으로도 용서 안 하고 무시해도 돼. 그냥 내가 죄책감을 느끼고 너한테 미안해 하고 있다는 것만 알아줬으면 좋겠어. 그리고 방금 나한테 물었지? 너한테 왜 그랬냐고……. 스스로 생각해도 쓰레기 같지만 완전한 이유는 없었어. 그냥 내가 조금이나마 느낀 열등감 때문이었던 것 같아. 너랑 친했을 때 너는 항상 칭찬을 받았고 상도 늘 네가 받고……. 그리고 너는 모든 게 완벽했잖아. 어디 하나 나무랄 데가 없었잖아. 나는 그걸 남 몰래 부러워했었어. 조금이나마 동경도 했었지. 그러다가 나보다 잘난 너에게 폭력을 휘두르고 욕을 하면서 처음으로 내가 더 힘세고 우월하다는 기분이 들었던 것 같아. 지금 다시 생각해보면 내가 제정신이 아니었어. 훈아, 진짜 미안해. 내가 다 잘못했어. 제발 용서해주라.”

사과를 하는 내내 눈물이 차오르는 것을 막기 위해 안간힘을 썼다. 나를 원망하는 듯한 눈빛으로 쳐다보는 훈이의 눈을 마주하기가 두려워 바닥을 내려다봤다. 훈이는 나를 계속 원망하는 눈빛으로 쳐다보다가 입을 열었다.

“나 너 절대로 용서 못 해. 영원히 네가 죄책감을 안고 살았으면 좋겠어. 나한테 지난 몇 년 동안 육체적으로 정신적으로 준 상처에 비하면 네가 앞으로 죄책감을 안고 사는 것쯤은 아무것도 아닐 테니깐. 내가 자살하려고 했을 때 무슨 생각을 한 줄 알아? ‘차라리 내가 자살을 할 용기로 너를 먼저 죽이면 안 될까?’ 라는 생각도 했었어. 그만큼 나한테 지난 3년 동안은 지옥 같았어. 근데 네가 이렇게 사과하니깐 더 짜증나. 네가 정말 나를 위하는 거라면 제발 내 앞에서 꺼져줘.”

『훈』

도윤이는 나를 보자마자 속사포로 사과를 했다. 하지만 나는 도윤이의 사과를 받고 싶지 않았다. 도윤이는 나에게 용서를 받지 않아도 자신이 사과를 했다는 것만으로도 충분히 죄책감을 덜 수 있을 것이기 때문이다. 그리고 진정으로 나에게 미안해서 사과하는 것 같지도 않았다. 내가 보기에는 그냥 죄책감만을 덜고 싶어서 사과하는 것으로 보였다. 도윤이가 지금까지 내가 당한 것을 안다면 이렇게 쉽게 사과할 것이라고는 생각하지 않기 때문이다. 그렇게 도윤이에게 막말을 퍼붓고 나서 혼자 병실로 돌아왔다. 갑작스레 일어난 많은 일들에 피곤함을 느껴 침대에 누웠다.

학교 종소리에 눈을 떴다. 익숙한 풍경에 책상 위를 보니 나의 이름이 아닌 도윤이의 이름이 적힌 교과서가 있었다. 옆자리 친구를 보니 나의 중학교 때 교복을 입고 있었다. 그리고 친구들은 나를 도윤이라 불렀다.

"야, 매점 가자."

훈이와 친구들이 나의 자리로 몰려들었다. 그렇게 우리는 무리를 지어 매점에 갔다. 가는 동안 내가 무슨 말을 하던 아이들은 대부분의 나의 말들을 무시했다. 훈이를 중심으로 우리 무리가 돌아가는 것 같다. 생전 처음 느껴보는 열등감이다. 급식실에서도 마찬가지였다. 아직 밥을 다 먹지 않았는데도 훈이가 일어나려고 하면 다 같이 그냥 일어나 버렸다. 이 무리에서 훈이와 나는 가장 친한 친구였지만 나는 점점 더 열등감이 생겼다.

그런데 갑자기 장면이 전환되었다. 그 장면에서의 나는 교무실로 다급히 달려가 선생님께 훈이가 입원해 있는 병원을 알아내 병문안을 가고 있었다. 훈이에게 미안한 감정만이 있었다. 죄책감이 들고 훈이를 보자마자 사과를 했지만 역시나 훈이는 사과를 받아주지 않았다. 그렇게 죄책감만을 안고 집으로 돌아갔다.

눈을 뜨니 병실 안이었다. 어제 많이 피곤했는지 깜빡 잠에 들었던 것만 같다. 꿈속에서 나는 도윤이 그 자체였다. 도윤의 감정까지 느낄 수 있었다. 도윤이가 그런 감정들을 느꼈을 줄은 나도 몰랐다. 어제 도윤이의 사과는 진심 어린 사과들이었다. 이번에는 내가 도윤이에게 과거의 일들을 사과하고 싶었지만, 이미 늦은 것 같았다. 그렇게 퇴원할 날짜가 다가왔다.


『이제, 우리』


'나 입원했던 병원 알지? 11시까지 거기로 와.'

도윤이를 병원으로 불러냈다. 오지 않을 것만 같았던 도윤이가 멀리서부터 뛰어오는 게 보였다.

"야, 이도윤. 네가 약속 시간보다 1분 17초 늦었으니깐 점심 사라."

"훈아……. 고마워, 정말 고맙다. 흑흑."

"울지 마, 도윤아. 네가 사는 거니깐 최고급으로?"

"그래, 그래. 뭐 먹고 싶어, 훈아? 말만 해!"

"크큭, 삼각김밥이면 되지 뭐! 학교 앞에 새로 생긴 편의점 있던데, 거기 가 보자."

그렇게 도윤이와 나는 극적으로 화해를 하고 훈이는 고3 때부터 열심히 공부를 하여 도윤이와 같은 대학교를 갔다. 만약 그때 도윤이가 나를 찾아와서 먼저 사과를 하지 않으면 이런 사이가 되기 힘들었겠지?

도윤이가 그때 병원으로 나를 갑자기 찾아온 이유를 물어봤을 때 어떤 꿈을 꾸었다고 말해줬다. 우리가 서로 바뀌어 도윤이는 나에게 괴롭힘을 당했고 결국 자살까지 하는 끔찍한 꿈이었다고 한다. 나도 도윤이가 되는 꿈을 꿨다.

이것은 과연 우연일까, 필연일까?

꿈을 통해 나는 도윤이의 진심 어린 사과와 도윤이의 행동들을 이해할 수 있게 되었고, 도윤이는 나의 두려움과 절박함을 알게 된 것이다. 어쨌든 그 신기한 꿈 덕분에 우리는 화해를 할 수 있었고 서로를 더 잘 이해하는 사이가 되었다.

어느 하룻밤에 꾸고 마는 무수한 꿈들 중 하나였지만 지금 우리를 있게 해 준 그 꿈들이 고맙다.

이제는 우리 모두 행복한 꿈만 꾸겠지?

## 작가의 말

현재에도 어디선가는 학교폭력이 일어나고 있을지도 모른다. 나는 이 책을 통해 학교폭력에 대한 무관심들을 알려주고 싶었다.

이 책을 쓰는 와중 나에게는 많은 어려움들이 있었다.

일단은 내가 글을 써서 책을 내는 것은 이번이 처음이었기 때문이다. 그렇기에 색다른 경험을 한다는 것에 기쁘기도 했지만, 한편으로는 걱정이 되었다. '내가 글을 제대로 쓸 수 있을까?', '중간에 포기하지는 않을까?' 하는 생각들로 글쓰기를 시작한 몇 주 동안은 머릿속이 복잡했었다.

언제나 시작이 어렵듯이 글을 처음에 어떻게 시작해야 되는지에 대해서도 몇 주 동안 생각했었다. 그래도 나는 생각보다 잘 써진 나의 글을 보고 솔직히 감동을 받았다.

글을 쓰는 내내 친구들의 도움을 많이 받았다. 문단을 어디서, 왜 나눠야 하는지 몰라서 친구에게 계속 부탁을 하였고 맞춤법은 글을 새로 쓸 때마다 틀렸다. 고생했을 그 친구에게 고마움을 표한다.

그래도 뭔가 한 페이지, 한 페이지 완성되어 가는 것을 볼 때마다 기분은 좋아졌다. 글을 쓰는데 어려움이 컸던 만큼 완성된 글을 봤을 때의 만족감도 컸다.

이번에 쓴 글이 내 인생의 처음이자 마지막 글이 될 수도 있지만, 그래도 이런 경험을 해봤다는 것만으로도 나는 만족한다.

이 글을 읽는 사람들이 한 번만 더 학교폭력에 대해 생각을 해보는 기회가 되었으면 좋겠다. 마지막으로, 지금까지 이 글을 읽어주신 분들께 감사를 전한다.

# SOSO한
# 학교 사전

이화진

단어 다음에 나오는 설명은 사전적 의미이고, 진한 글씨로 되어 있는 내용은 저와 친구들이 함께 공감하는 의미입니다. 중간 중간 나오는 제가 겪었던 에피소드도 재미있게 읽어보시길!
※ 사전적 의미의 출처는 [네이버(NAVER) 백과사전]

## 입학

**학생이 되어 공부하기 위해 학교에 들어감. 또는 학교를 들어감.**

친한 친구와 같은 반이 될지, 어떤 선생님이 우리 반 담임 선생님을 맡게 될지 기대도 되고 많이 설레지만 이 날이 점점 다가오면 조금 두려워지는 날.

## 반배치 고사

**학교에서 반을 결정하기 위해 보는 시험.**

중학교에서 분명히 배웠던 내용을 다시 한 번 시험을 보는 거지만 마치 처음 본 것처럼 느껴지는 시험. 또는 학교에서 나눠준 책에 있는 고등학교 내용을 보는 시험이라 어려움.

# 떨린다!

초등학교 졸업 후 반배치 고사를 보러 중학교에 왔다. '반배치 고사? 이 시험으로 반 나누는 거야? 그럼 잘 봐야겠다.'라는 생각으로 중학교에 시험 보러 갔다. 반에 들어가자 같은 학교인 아이들 몇 명 빼고 나머지는 다 다른 학교 아이들이라 매우 긴장되었다. 그리고 이 중학교에 다니는 언니, 오빠들이 창문으로 쳐다봐서 매우 민망했다. 그리고 중학교 입학식 날이 찾아왔다. 강당에서 다 같이 모인 다음 반으로 이동했다. 자리에 앉아보니, 한두 명 빼곤 다 모르는 아이들이었다. 그래서 좀 슬펐다. 하지만 나랑 처음에 같이 앉았던 친구랑 친해지고, 앞뒤 친구랑 친해지면서 학교를 재밌게 다닌 것 같다.

## 교복

학교에서 학생들이 입도록 정한 제복.

처음 입을 때는 '와! 드디어 나도 입어보는구나!'라는 설레는 마음이 가장 컸지만 시간이 지날수록 입기 귀찮아진다는 게 함정.

## 친구

가깝게 오래 사귄 사람. 또는 나이가 비슷하거나 아래인 사람을 낮추거나 친근하게 이르는 말.

서로 의지하는 바로 내 옆에 있는 사람. 또는 밥 같이 먹는 사람, 화장실 같이 가는 사람.

## 스케이트장 갈래?

친구들과 함께 이야기하는 채팅방이 있다. 거기서 한 친구가 "애들아 우리 스케이트장 가자."라고 얘기하자 다른 친구들이 "좋아.", "언제 갈까?", "다음 주 토요일 어때? 그때 가자!"라고 이야기를 이어 나갔다. 그래서 우리는 다음 주 토요일에 스케이트장에 가기로 했다. 토요일 날 우리는 다 같이 모여 버스에 탔다. 우리는 버스에서 내려 스케이트장이 어디인지 찾았다. "스케이트장 어디 있어?"라고 한 친구가 물어봤다. "음……. 저쪽으로 가면 될 거야." 이 말을 듣고 그 친구가 말한 곳으로 향했다. 하지만 스케이트장은 나오지 않았다. 그래서 지나가는 사람들에게 물어봤다. "여기 ○○스케이트장 가려면 어디로 가야 해요?"라고 물어보자 "○○스케이트장? 저쪽으로 가면 돼."라고 하시면서 손가락으로 가리켰다. 우리는 그 방향으로 계속 걸었다. 드디어 스케이트장이 나왔다. 이때가 여름이어서 상당히 더웠다. 그래서 빨리 시원한 스케이트장 안으로 들어가고 싶어서 걸음을 재촉했다. 입장권을 사고 스케이트를 신고 스케이트장 안으로 들어갔다. 점심시간이었는데도 사람들이 매우 많았다. 스케이트를 한 시간 타고나자 배가 고팠다. 그래서 우리는 매점에서 라면을 먹었다. 그러고 나서 다시 스케이트를 탔다. 나는 인라인스케이트는 타봤긴 했지만 빙판 위에서 타는 스케이트는 처음 타봤다. 그래서 '넘어지면 어떡하지?'라는 생각을 하면서 스케이트를 탔다. 스케이트를 탄 지 3시간 뒤 나는 스케이트를 타는 것에 많이 익숙해져서 쌩쌩 달렸다. 너무 재밌었다. 나중에 또 가고 싶다.

## 교가

학교를 상징하는 노래. 학교의 교육 정신, 이상, 특성 따위를 담고 있다.

1학년 음악시간에 처음으로 알려주고 그 이후엔 전혀 부르지 않다가 졸업식 때 마지막으로 다시 부르는 노래. 그래서 더 그립고 아쉬운 노래.

## 교화

학교를 대표하는 꽃.

학교마다 마치 통일시킨 것처럼 똑같은 그 꽃. 그러나 우리 학교에만 없는 그 꽃. 교화는 역시 장미지.

## 수학여행

교육 활동의 하나로시 교사의 인솔 아래 실시하는 여행, 학생들이 평상시에 대하지 못한 곳에서 자연 및 문화를 실지로 보고 들으며 지식을 넓히도록 한다.

가기 한 달 전부터 어디로 여행을 갈지, 어떤 친구와 같은 방을 쓸지 기대가 된다. 밤새 놀다가 하루 종일 차 속에서 잠만 자는 수면여행. 그러나 누군가에게는 영영 돌아오지 못했던 가슴 아픈 기억을 갖고 있는 여행.

## 너무 짧았던 2박 3일

5월 13일, 수학여행을 가는 날이었다. 1학년 때 수련회를 못 가서 많이 아쉬웠다. 그래서 이번 수학여행을 매우 기대했다. 수학여행 장소가 같은 반도 있었고, 다른 반도 있다. 많은 장소 중에서 우리는 맨 처음 전주한옥마을에 갔다. 전주한옥마을에서는 먹으면서 돌아다녔다. 하지만 그곳에 머물렀던 시간이 너무 짧아서 먹고 싶은 것도 못 먹고 돌아와서 아쉬웠다. 그리고 절과 같이 있는 대나무숲에 가서 밥을 먹고, 사진도 찍은 다음에 숙소로 이동했다. 우리 숙소는 10명이 함께 쓰는 방이었다. 그리고 선생님께서 주신 미션을 풀고 저녁밥을 먹으러 식당으로 갔다. 그리고 다시 숙소로 올라갈 때 매점에 들러 마실 것과 몇 명은 라면을 사가지고 올라갔다. 드디어 점호시간이 다가왔다. 우리는 문 앞에 2줄로 앉아 몇 명인지 얘기했다. 이 시간 이후론 자야 했지만 몇몇 친구들은 아까 사온 라면에 물을 부어서 먹기 시작했다. 조용히 다같이 얘기하고 있었는데 그 순간 교관이 우리 방문을 열었다. 라면을 먹던 아이들은 방에 들어가 숨고, 나머지 아이들은 누워서 자는 척을 했다. 그러자 교관이 다시 문을 닫고 나갔다. 그러다가 어떤 친구가 떠들었는데 그 소리를 교관이 듣고 우리 방문을 열면서 "너네 다 일어나!" 하고 말해서 우리는 일어난 다음 교관이 하는 말을 듣고 다시 누워서 잤다.

두 번째 날 우리는 레일바이크를 타러 갔다. 덥지도 않고 춥지도 않은 딱 좋은 날씨였다. 우리는 신나게 레일바이크를 탔다. 그리고 동물원과 수목원이 합쳐져 있는 곳에 가서 다 같이 사진도 찍고 동물도 보면서 재밌게 놀았다. 다시 숙소에 가는 길. 갑자기 버스가 멈추었다. 자고 있던 아이들도 일어나 선생님께 여쭈었다.

"선생님, 왜 안 가요?"

그러자 선생님께서 "지금 버스가 고장 나서 못 가고 있어. 그래서 나눠서 다른 반 버스에 타야 할 것 같아."라고 하셨다.

"아…… 네."

버스에서 내려 다른 반 버스에 타서 숙소에 갔다. 숙소에 도착 한 후 식당에 가서 밥을 먹고 장기자랑을 하러 강당에 모였다. 형형색색의 불빛들이 섞여 강당을 환하게 비추었다. 장기자랑이 끝나고 다시 방으로 들어가 신나게 놀았다. 밤 새 놀자고 얘기했었지만 막상 밤이 오니까 다들 졸려서 이불을 깔고 그 위에 누워서 잤다. 마지막 날 우리는 버스를 타고 아쿠아리움에 갔다. 하지만 주어진 시간이 짧아서 전체를 다 보진 못 하고, 몇 곳만 둘러보다가 버스에 탔다.

그리고 집에 가는 길. 어제 너무 신나게 논 탓인지 너무 졸려 의자에 기대서 잤다. 학교에서 내려 집으로 걸어갔다. 집에 와서 수학여행 때 찍은 사진들을 친구들에게 보내고 얘기를 했다. 내년엔 수련회나 수학여행 같은 것들이 없기 때문에 매우 아쉽게 느껴졌다.


쉬는 시간

피로를 풀려고 몸을 편안히 두는 시간.

지겨운 수업시간 뒤 단맛같이 찾아오는 사막의 오아시스 같은 존재.


반장

어떤 일을 함께하는 소규모 조직체인 반을 대표하여 일을 맡아보는 사람, 행정구역의 단위인 '반'을 대표하여 일을 맡아보는 사람.

좋은 건 "반장이니까 양보해야지!"
나쁜 건 "반장이니까 반장이 해야지!"

## 운동장

체조, 운동 경기, 놀이 따위를 할 수 있도록 여러 가지 기구나 설비를 갖춘 넓은 마당.

체육시간에 나오면 쨍쨍한 뙤약볕 때문에 선크림을 잔뜩 바르고 그늘에 가서 얘기하며 노는 곳.

## 강당

강연이나 강의, 의식 따위를 할 때에 쓰는 건물이나 큰 방.

운동장보다 편하고 여름에는 선풍기도 있어서 시원함. 그리고 겨울에는 바람이 불지 않아서 운동장보단 따뜻해서 좋다.

가장 큰 장점은 급식실 바로 위층이라는 사실! 4교시 강당수업은 1등으로 밥을 먹을 수 있는 절호의 찬스!

## 지각

정해진 시각보다 늦게 출근하거나 등교함.

집이 가까운 아이들이 왜 더 많이 하는 걸까?

## 상 · 벌점 카드

학생이 잘하면 주는 것, 학생이 잘못하면 주는 것.

선생님이 학생과 밀당을 주고 받을 때 쓰는 무기. 목숨을 바칠 수도 있을 것 같은, 우리에겐 황금보다 더 소중한 My Precious!

# 시킬 것 없으세요?

2학년 때 나랑 친구랑 같이 밥을 먹은 후 교실에 갔다. 친구가 칭찬카드 받는 것을 매우 좋아했기 때문에 양치를 한 후 교무실에 가서 "시킬 것 없으세요?" 하고 여쭤봤다. 그러자 선생님께서는 "이거 방과 후 때 나눠줄 종인데 스테이플러로 찍어줘."라고 말씀하셨다. 우리는 "네~"라고 대답을 하고 선생님께서 시키신 것들을 하기 위해 의자에 앉았다. 그리고 그것들을 다 한 뒤 우리는 선생님께 "선생님! 다했어요! 다른 거 시킬 것 없으세요?" 하고 여쭤봤다. 그러면 선생님께서 "고마워~ 이제 할 게 없네. 학번 불러봐. 상점 카드 줄게."라고 하시곤 했다.

## 수행평가

학생의 학습 과제 수행 과정 및 결과를 직접 관찰하여 그 관찰 결과를 전문적으로 판단하는 일. 평가 방법으로는 논술형 검사, 실기 시험 등등이 있다.

시험기간이 아닐 때 하면 좋으련만, 꼭 시험기간에 하거나 시험이 끝난 후에 하는 평가.

## 에어컨/온풍기

여름에 실내 공기의 온도, 습도를 조절하는 장치./열원에 공기를 넣어, 따뜻해진 공기를 실내로 돌게 하여 덥히는 기구.

내 마음대로 틀고 싶지만 그럴 수 없는 것. 꼭 창문을 열고 이동수업을 가면 틀어져 있는 것. 우린 언제쯤 영원히 함께할 수 있을까?

# 주번 누구야!

매미 소리가 귀에 계속 맴도는 무더운 여름날. 한 친구가 물어봤다.

"얘들아, 지금 무슨 시간이야?"

"음악!"

음악수업은 음악실에서 따로 하기 때문에 음악실로 이동해야 했다. 그래서 나랑 친구들은 음악실로 향했다. 음악실에서 수업을 듣고 다시 교실로 향하는 길. 다른 아이들이 문을 열고 닫고 하는 사이로 차가운 공기가 다리를 스쳤다. 그때 한 친구가 "지금 에어컨 틀었나 봐!"라고 말했다.

"정말? 빨리 교실로 들어가자!"

우리는 빨리 교실로 향했다. 그때 어떤 친구가 "주번 누구야!"라고 외쳤다. 큰 소리에 난 주번이 아니지만 궁금해서 "왜?" 하고 물어보나 친구가 "주번이 창문을 안 닫고 갔어……."라고 말했다. 그래서 빨리 교실로 들어가 모든 창문을 닫은 후 친구들과 모여 에어컨 바람이 나오는 곳에 가 서 있었다. 시원한 공기들이 머릿결을 스치고 지나갔다. 정말 시원했다.

## 생일파티

세상에 태어난 날. 또는 태어난 날을 기념하는 해마다의 그날.

한 달에 한 번씩 또는 두 달에 한 번씩 학교에 일찍 모여서 생일 주인공들에게 정(情)을 케이크로 쌓아주며 축하해줌. 내가 주인공이 되는 그날까지 해피 벗쓰데이 투유~

## 교문

학교의 문.

처음 학교에 갈 때 봤던 문. 처음에는 들어갈 때 설레었지만 시간이 지나면 지날수록 들어가기 싫고 나가고만 싶은 문.

요리실습
요리를 실지로 해 보고 익히는 일.
"불 쓰지 마!"


# 요리 대회

그날은 학교에서 요리대회를 하는 날이었다. "요리 대회? 학교에서 그런 걸 해?" 하고 궁금해 하는 사람을 위해 설명하자면, 이날 3학년 선배들이 고등학교 입학 때문에 일찍 기말고사를 봐서 우리는 별관에서 요리대회를 했었다.

요리 대회 일주일 전
"애들아, 일주일 후에 3학년 시험 볼 때 별관에서 요리대회를 할 거예요. 하고 싶은 사람과 조짜고 요리대회 날에 재료 가져오세요."라고 선생님께서 말씀하셨다.
"네!"

요리 대회 4일 전
내가 친구들에게 "우리 월남쌈 만들래?"라고 말했다. 그러자 친구들이 "그래!", "만들면 예쁘겠다." 등 모둠 친구들이 좋다고 해주었다. 그리고 그때 한 친구가 "그럼 월남쌈이랑 비빔밥 어때?"라고 말했다. 친구들은 모두들 좋다고 얘기했다. 그래서 우리 모둠이 정한 주제는 월남쌈, 비빔밥, 식혜, 화채였다.

**요리대회 당일**

"이제부터 시작할 거예요. 열심히 잘 만들어보세요."

"네!"

우리 모둠은 역할 분배를 해서 만들기로 했다. 반은 요리하기, 나머지 아이들은 이 음식을 소개하는 팸플릿 만들기. 나는 요리를 하다가 팸플릿을 만들었다. 요리를 만드는 것은 매우 순조롭게 잘 진행되어갔다. 이제 요리대회가 끝나기 10분 전이다.

"요리 다 만들었어?"

"응, 다 했어. 팸플릿은 다 만들었어?"

"응, 다 만들었는데 팸플릿 뒷면이 너무 허전해. 어떡하지?"

"우리 뒤에 선생님들 얼굴이랑 우리 얼굴 그리는 거 어때?"

"오! 좋다!"

저 말 한마디에 재빨리 뒤에 그림을 그리기 시작했다. 그림을 그리고 색연필과 사인펜 정리를 하는 도중 종이 쳤다. 그리고 우리는 우리가 정성껏 만든 음식을 제출하러 밑에 있는 교실로 음식을 들고 갔다. 들고 가는 순간에도 내 머릿속엔 '1등 했으면 좋겠다.' 라는 생각이 머릿속에 가득 차 있었다.

**요리 대회 결과 발표일**

다른 친구들의 상장 수여식이 끝난 후 교장선생님께서 "지난번 실시한 요리대회 결과를 발표하겠습니다."라고 말씀하셨다. 결과가 나오기 전 심정이 쿵쾅쿵쾅 뛰는 것 같았다. 그리고 결과 발표를 했다. "2학년 7반 ○○조(우리 조)" 그 말을 듣고 너무 기분이 좋았다. 기분 좋은 마음으로 강당 무대 위로 올라가 교장선생님과 악수를 하고 문화상품권을 받았다. 앉아 있는 다른 아이들이 박수를 치는 것 같았는데 그 소리가 들리지 않을 정도로 너무 떨렸다. 그만큼 기분이 좋았다. 날아갈 것 같았다.

## 시간표

시간을 나누어서 시간대별로 할 일 따위를 적어 넣은 표.

마음에 들지 않지만 바꿀 수 없는 것. 왠지 다른 반이 더 좋은 것 같은 이상한 느낌.

## 도서실

도서를 모아 두고, 그것을 일반인들이 볼 수 있도록 만든 방.

3학년 때 동아리를 이곳에서 했었다. 동아리를 하기 전에는 시원하고 따뜻한 곳으로만 생각했는데, 동아리를 하다 보니 교실보다 더 편한 공간이 되었다.


# 마음이 자라는 자작나무

3학년 초반 때 도서부원을 모집한다는 안내문이 학교 칠판에 붙어 있었다. 평소 책을 좋아하고 도서부가 하는 일에 관심이 있어서 도서부에 신청을 할까 말까 많이 고민했다. 그런데 그때 같은 반 친구가 "나도 도서부에 신청할 거야."라고 얘기해서 같이 신청서를 내러갔다. 신청서를 내니까 선생님께서 면접을 볼 거라고 이야기하셨다. 면접을 보고 난 후 왠지 붙을 것 같았다. 그리고 며칠 후 선생님에게서 문자 하나가 왔다. 그 문자는 내가 도서부에 합격했다는 문자였다. 나는 너무 기뻤다. 도서부에서는 책을 읽고 그 책에 대한 내용을 다시 종이책으로 만들었다. 그러던 어느 날 '인문학 콘서트'에 참여하게 되었다. 인문학 콘서트에서는 헬렌 켈러의 '사흘만 볼 수 있다면'을 읽고 그 책에 대한 내용을 발표하는 자리였다. 그리고 얼마 뒤 인문학 콘서트의 결과가 나왔다. 그 결과는 우리 학교가 금상을 탔다. 그리고 '자유학기제 체험부스'에 참여하게 되었다. 이 부스에서는 '전통책 만들기, 주령구 만들기, 한지 책갈피 만들기, 전통 한복 체험하기, 전통 놀이 체험하기' 총 5개의 체험을 하기로 정했다. 체험에 맞춰서 우리는 개량 한복을 입고 체험부스를 열었다. 나는 사람들이 많이 오지 않을 줄 알았지만 예상외로 많이 와서 매우 힘들었다. 하지만 내가 알려준 대로 사람들이 만드는 것을 보니까 매우 기분이 좋았다. 힘들고 재밌었던 이틀이 지나갔다. 그리고 우리는 책 축제가 열리는 대구에 갔다. 대구로 가는 기차에서는 친구와 함께 게임을 했다. 시간이 가고 있는지 모를 정도로 재밌게 게임을 하고 있었는데 그때 "동대구역입니다"라는 소리가 들렸다. 선생님께서 이제 내려야 한다고 말씀하셨다. 내려서 택시를 타고 엑스코에 도착했다. 도착해서 짐을 풀고 밥을 먹으러 갔다. 밥을 먹고 다시 돌아와서 체험부스를 꾸몄다. 그리고 얼마 있지 않아 사람들이 몰려왔다. 자유 학기제 체험부스 때 한 체험을 한 번 더 하는 것 같았다. 하지만 다른 점은 사람이 그때보다 더 많이 모인 것 같았다. 체험이 모두 끝난 후 친구들과 같이 삼겹살을 먹으러 갔다. 맛있게 다 먹은 후에 숙소에 들어가 영화를 보려고 했다. 하지만 USB 꽂는 곳이 없어서 영화 채널에서 영화를 보면서 늦게까지 재밌게 놀다가 잔 것 같다. 그리고 그 다음날 발표를 하고 놀다가 집에 갔다. 집에 도착하자 졸려서 밥 먹고 평소보다 일찍 잔 것 같다. 나중에 이런 기회가 한 번 더 생긴다면 또 하고 싶다.

## 방학

일정 기간 동안 수업을 쉬는 일. 또는 그 기간. 주로 학교에서 학기나 학년이 끝난 뒤 또는 더위, 추위가 심할 때 실시한다.

이 날만 기다리며 학교를 다님. 아직 일어나지 않는 것은 좋지만 같은 반 친구들과 만나지 못해서 재미없을 때도 있음.

## 방학숙제

복습이나 예습 따위를 위하여 방학 때 학생들에게 내주는 과제.

꼭 해야 하는 건지 망설여지면서 개학 전까지 갈팡질팡 고민하게 만드는 숙제. 수행평가라 어쩔 수 없이 하는 경우도 있음.

## 개학

학교에서 방학, 휴교 따위로 한동안 쉬었다가 다시 수업을 시작함. 새로 만든 학교에서 처음으로 수업이나 사무를 시작함.

점점 다가올수록 두려워지지만 친구들과 선생님을 볼 수 있다는 생각에 입가에 미소가 저절로 지어지며 손꼽아 기다려지는 날.

## 두발검사

학교의 교칙에 쓰여 있는 대로 머리카락 길이 검사를 하는 것.

미용실 가는 날. 또는 미용실 대박나는 날.

## 체육대회

대규모의 운동회.

평소에 의욕이 없던 아이들도 목숨을 바칠 각오로 전투태세를 갖추는 날. 목이 쉬거나 피부가 홀라당 타버리는 후유증이 있을 수도 있음.

# 이겨라!

중학교 3학년 때의 체육대회이다. 이 기간은 시험이 끝난 후였기 때문에 공부를 하지 않고 쉬는 수업시간은 운동장에 나가서 체육대회 연습을 했다. 우리 학교의 체육대회 종목(여자)은 단체줄넘기, 줄다리기 놋다리밟기, 피구, 2 인3각, 반 계주달리기, 이어달리기까지 총 7개의 종목이 있다. 그중에서 내가 나간 종목은 놋다리밟기, 줄다리기(반 전체)와 단체줄넘기이다. 드디어 체육대회 날이 다가왔다. 운동장에 천막을 치고 반 끼리 다 같이 앉아 있었다. 그리고 응원상도 준다고 해서 열심히 응원도 하고, 모든 종목에 참여했다. 나는 내가 나가는 단체줄넘기에서 맨 처음으로 뛰는 선수였는데 '잘 못 하면 어쩌지?' 하는 생각도 했지만 '잘 할 수 있을 거야' 라는 생각을 머릿속에 가득 채운 뒤 하니까 진짜 잘됐다. 그래서 우리 반은 다른 반들보다 훨씬 일찍 끝내고 앉아 있었다. 그리고 거의 모든 종목에서 우승을 해서 우리 반이 1등 일 것 같았다. 그리고 시상식 선생님께서 "체육대회 우승은 3학년 6반!" 이라고 말씀하시자. 우리 반 친구들은 모두 기쁘게 소리 질렀다.

중학교의 마지막 체육대회 날이다. 중학교에서의 시험이 마무리되어서 체육대회를 하기로 한 것이다. 이 마지막 체육대회의 종목은 단체줄넘기, 발야구, 배드민턴이다. 나는 어쩌다보니 전 종목을 나가게 되었다. 그런데 발야구 연습을 계속하다보니 허벅지가 너무 아파서 다른 친구랑 바꿨다. 그래서 총 2개의 종목에 나갔다. 우리 반은 이번에도 1등을 노리고 체육대회 연습을 시작했다. 어떤 날은 하루 종일 체육만 했다. 그러다가 어느 날 반에 3학년 체육대회에 대해서 공지하는 종이가 칠판에 붙어 있었다. 그 종이에는 체육은 하루에 2시간만 뺄 수 있다고 적혀 있었다. 그래서 우리는 2시간 동안만 체육시간 쉬는 시간 상관없이 열심히 연습했다. 하지만 결국 1등은 하지 못 했다. 연습을 많이 했지만 1등을 하지 못 해서 많이 아쉬웠다. 그래도 많이 재밌었다.

## 급식

급식을 공급함. 또는 그 식사.

학교에 가는 이유. 12시 10분.

## 화재경보기

불이 났을 때 자동적으로 경보를 울리는 장치.

점점 양치기 소년이 되어가는 너. 대체 뭐가 진짜니?

## 전염병

전염성을 가진 병들을 통틀어 이르는 말.

공식적으로 결석을 인정받는 병. 학교를 가지 않아 좋지만 혼자 있으니까 많이 심심하네.

## 모둠과제

초·중등학교에서, 효율적인 학습을 위하여 학생들을 작은 규모로 묶은 모임에서 처리하거나 해결해야 할 문제.

한 편으로는 협동심을 기를 수 있지만 다른 한 편으로는 답답한 일. 또는 네 명이 한 명이 되는 기적.


# 기술 모둠 과제 수행평가


"이제부터 너희들이 선생님이 된 것처럼 앞에 나와서 수업해 보는 거야." 라는 선생님의 말을 듣고 "내가 잘 할 수 있을까?" 라는 생각이 들었다. 나는 PPT나 자료 조사 등은 잘 할 수 있지만 앞에 나와서 발표하는 것은 별로 좋아하지 않기 때문이다. 하지만 수행평가라는 말을 듣자 '어쩔 수 없네…….' 하는 김에 열심히 해보자'라는 생각을 가지고 참여하기로 결심했다. 그 순간 선생님께서 "이거 모둠과제야. 모둠은 지금 앉아 있는 자리로 할께." 이 말을 듣는 순간 '안친 한 친구들 되면 어떡하지?' 라는 생각뿐 이였지만 나와 모둠이 될 친구들을 보니 다 착하고 친한 친구들이었다. 그래서 다행이라고 느끼고 있었다. 그때 선생님께서 모둠끼리 앉아서 어떻게 할 지 상의해보라고 말씀하셨다. 우리는 모둠으로 앉아 얘기했다. PPT를 다 못 만들겠다고 해서 PPT는 내가 만들고, 자료 조사는 다 같이 하기로 했다. 드디어 발표하는 날 난 3번째에 발표를 하기로 맡았다. 발표하는데 많이 떨렸지만 친구들이 호응도 해줘서 재밌게 발표를 마친 것 같다. 그 결과 우리 모둠은 수행평가 A라는 결과가 나왔다. 서로 서로 다 같이 협력하면서 만들어서 그런 것 같았다.

## 수업시간

**교사가 학생에게 지식이나 기능을 가르쳐 주는 시간.**

좋아하는 과목을 들으면 좋지만 별로 좋아하지 않는 과목을 들을 땐 별로 재미없는 시간. 선생님의 권위에 도전하는 친구들 덕분에 하루도 그냥 넘어가는 법이 없는 시간.

## 발표

**어떤 사실이나 결과, 작품 따위를 세상에 널리 드러내어 알림.**

"오늘 9일이니까 9번 나와서 9번 풀어봐."

"오늘 22일 이니까 2곱하기 2은 4, 4의 제곱은 16, 번이 말해봐."

## 교과서

학교에서 교과 과정에 따라 주된 교재로 사용하기 위하여 편찬한 책, 해당 분야에서 모범이 될 만한 사실을 비유적으로 이르는 말.

너도나도 창의력을 발휘하는 그림판. 학기가 끝나면 어느새 그 과목은 그 과목이름이 아니다.

## 피구

일정한 구역 안에서 두 편으로 갈라서 한 개의 공으로 상대편을 맞히는 공놀이.

한 경기로도 충분히 아군과 적군을 만들 수 있는 놀라운 경기.

## 소풍

휴식을 취하기 위해서 야외에 나갔다 오는 일. 또는 학교에서, 자연 관찰이나 역사 유적 따위의 견학을 겸하여 야외로 갔다 오는 일.

"앨범 사진 찍어야 하니까 밥먹고 1시까지 ×××로 모여!"

## 시험

재능이나 실력 따위를 일정한 절차에 따라 검사하고 평가하는 일, 사물의 성질이나 기능을 실지로 증험하여 보는 일, 사람의 됨됨이를 알기 위하여 떠보는 일. 또는 그런 상황.

이 날을 위해 공부함. 이 날이 오기 전엔 '빨리 보고 빨리 끝났으면 좋겠다.'라고 생각하지만 이 날이 막상 다가오면 '며칠 전으로 돌아가고 싶다.' 그리고 이 날이 끝나면 '아…… 공부 좀 할걸.'이라고 생각하게 되는 날.

## 체육복

체육을 할 때 입는 옷.

내가 산 내 옷이지만 친구들이 계속 빌려가서 내꺼인 듯, 내꺼 아닌, 내꺼같은 옷.

## 휴대전화

손에 들어가 몸에 지니고 다니면서 걸고 받을 수 있는 소형 무선 전화기.

[비슷한 말] 핸드폰, 휴대폰.

운명의 공동체. 졸업할 때가 다가오면 콩알만한 간도 커지는 놀라운 경험을 할 수 있음.

## 선생님

'선생(1. 학생을 가르치는 사람)'을 높여 이르는 말.

수업 시간에 재밌는 이야기를 해주면 좋은 사람. 그렇다고 재밌는 이야기 안 해주는 선생님들이 싫은 건 절대 아님.

## 담임 선생님

초등학교, 중학교, 고등학교 따위에서 한 반의 학생을 전적으로 책임지고 맡아 지도하는 교사.

뭐나도 결국 내편인 우리는 애증관계. 집에 엄마, 아빠가 있다면 학교에는 담임쌤이 있다!

## OMR카드

문제의 해답을 쓰는 카드.

몰라도 뭐라도 쓰고 싶게 만드는 마법의 카드. 사죄의 편지를 쓰는 친구도 봤음. 3학년 기말시험을 후엔 살짝 그리웠던 종이.

## 자습시간

혼자의 힘으로 배워서 익히는 시간, 선생의 가르침이 없이 학생들이 자체로 학습하는 수업 시간.

할 건 없지만 제일 좋은 시간.

친구나 짝꿍이랑 조용히 빙고게임이나 오목하기에 딱 좋은 시간.

## 종례

학교에서, 하루 일과를 마친 뒤에 담임선생님과 학생이 한자리에 모여 나누는 인사. 주의 사항이나 지시사항 따위를 전달하기도 한다.

우리 반 복도에서 기다리는 다른 반 친구한테 미안해지고 그 반이 제일 부러워지는 시간.

## 축제

축하하여 벌이는 큰 규모의 행사, 축하와 제사를 통틀어 이르는 말.

처음 할 땐 많이 힘들었지만 끝나고 나서 친구들이 찍어준 동영상을 보면 내 안의 숨겨진 재능에 내가 놀람. 1년 동안 준비한다고 해도 과언이 아님.

# 3학년 합창 축제 준비 과정

우리 학교의 축제는 12월 23일이다. 우리 반은 축제를 나가기 위해 합창연습을 했다. 맨 처음 우리가 선택한 노래는 레미제라블에 나오는 'Do you hear the people sing?'(민중의 노래)와 'One Day More'(내일로)' 이 두 노래를 합쳐서 뮤지컬 식으로 부르기로 했다. 다 같이 노래도 불러보고, 몇 명만 남아서 동선도 짜보고 하다 보니 어느새 리허설 날이 다가왔다. 제일 처음 리허설을 한 반은 우리 반이었다. 노래를 다 부르자 선생님들의 표정이 좋아보이진 않았다. 그 이유는 연습이 부족해서 좋게 들리지 않았기 때문이다. 그래서 결국 우리는 축제 일주일 전 노래를 바꿨다. 노래의 제목은 god의 '촛불하나' 라는 노래이다. 선생님께서 이 노래를 하면 화음 같은 것을 알려주겠다고 말씀하셨다. 우리들은 어제처럼 무대 위에서처럼 하지 않기 위해 더 열심히 연습했던 것 같다. 드디어 두 번째 리허설 날이 다가왔다. "6반 올라가자."라는 말을 듣자 진짜 무대가 아닌 리허설임에도 불구하고 매우 떨렸다. 선생님들이 저번보단 나아진 것 같다고 얘기해주셨다. 그리고 오늘 3번째 리허설을 시작했다. 두 번째 리허설 때보다 율동도 많이 짰고, 노래 연습도 더 많이 해서 잘할 수 있을 것 같다는 생각이 들었다. 내 예상대로 이번에도 선생님께서 어제보다 훨씬 좋아졌다고 말했다. 이젠 축제까지 4일 남았다. 빨리 축제날이 왔으면 좋겠다.

드디어 오늘이 축제가 열리는 날이다. 오늘 아침 리허설을 한다고 7시 15분까지 오라고 했다. 하지만 리허설은 7시 30분이 넘어서야 시작했다. 그래서 많이 졸렸다. 그리고 우리 학교는 축제를 두 번씩 나눠서 하는데 축제에 참여하는 아이들은 두 번 다 앉아 있어야 해서 좀 불편하긴 했지만 2번이나 볼 수 있어서 재밌었던 것 같다. 우리 반이 올라갈 차례가 되자 앞에 사람들이 많아서 매우 떨렸다. 하지만 반주가 들리자 언제 떨렸냐는 듯이 연습할 때처럼 편안하게 노래를 부른 것 같다. 보는 사람들이 많으니까 그만큼 박수 소리도 더 커졌다. 그리고 노래를 다 같이 부르니까 되게 좋았다. 축제가 끝난 후 다른 팀의 공연을 보면서 재밌게 놀았던 것 같다. 정말 재밌던 축제날이었던 것 같다.

### 졸업

**학생이 규정에 따라 소정의 교과 과정을 마침, 어떤 일이나 기술, 학문 따위에 통달하여 익숙해짐.**

하루라도 벗어나고픈 마음에 이 날을 기다렸지만 막상 이 날이 점점 다가올수록 두려움과 설렘이 뒤죽박죽이 되는 그런 날.

# 졸업

드디어 졸업식 날이 왔다. 중학교 1학년 때의 설렘이 아직도 느껴지는 것 같아서 졸업식이라는 게 믿기지 않았다. 방송부에서 만든 선생님들의 축하 영상을 보니까 그제야 졸업식이라는 게 믿어지는 것 같았다. 그리고 상을 받는 시간도 있었다. 나는 기능상과 3년 정근상이라는 두 가지 상을 받았다. 그리고 교장선생님과 말씀과 학생회장의 말을 듣고 졸업식은 끝이 났다. 그리고 가족과 선생님과 친구들과 사진을 여러 장 찍고 밥을 먹으러 갔다. 곧 있으면 이 사전의 내용이 반복될 것만 같다. 고등학교 때도 재밌고 신나게 그리고 공부도 열심히 해야겠다.

## 작가의 말

 SOSO한 학교 사전, 재밌게 보셨습니까? 이 책은 선생님의 아이디어로 쓰기 시작했습니다.

 맨 처음에는 어떻게 써야 하나 매우 막막했습니다. 친구들에게 도움을 받으면서 '이렇게 쓰면 어떨까?', '이렇게 하면 더 괜찮을 것 같다.'라는 생각들을 하면서 이 책을 쓴 것 같습니다. 평소 책 읽는 것을 좋아해서 책을 직접 써서 출판을 한다는 이야기를 들었을 때의 기분은 말로 표현할 수도 없을 만큼 매우 기뻤습니다. 그래서 지금 이 글을 쓰는 와중에도 내가 쓴 글이 책이 된다는 것에 대한 설렘이 가득합니다.

 그리고 책을 다 쓰고 난 후, 제목을 정할 때 많은 어려움이 있었습니다. 그래서 '어떻게 해야 책 내용과 어울리는 제목을 지을까?'라고 친구들과 함께 이야기해본 결과 'SOSO한 학교 사전'이라는 제목이 나왔습니다. 더 많은 후보의 제목들이 있었지만 소소하면서도 SOSO한 나의 학교생활을 잘 표현할 수 있는 'SOSO한 학교 사전'이라는 제목이 가장 괜찮다고 생각했습니다.

 저는 이 이야기를 쓰면서 학생들은 공감할 수 있고, 어른들은 옛 기억들을 되살릴 수 있는 기회를 주고 싶었습니다. 이 내용을 중심으로 열심히 써봤는데, 많은 사람들이 공감하며 옛 기억들을 되살렸는지 궁금합니다. 공감할 만한 단어들의 뜻에 저만의 에피소드를 추가하여 더 재밌게 읽으실 수 있도록 했습니다.

 처음 쓴 글이라 많이 부족했을 텐데 재밌게 보셨다면 좋겠습니다. 나중에는 소설도 한 번 써보고 싶습니다. 지금까지 'SOSO한 학교 사전'과 '작가의 말'을 읽어주셔서 감사합니다.

# 선

윤재원

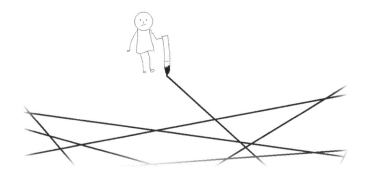

'스윽.'

선을 긋는다.

하얀 백지 같은 이 세상에 검은 선을 긋는다. 괜히 주제 파악을 못 해서 선을 넘어 버리기 전에 내가 먼저 선을 긋는다.

무심코 선을 넘었다가는 다시 그때와 같은 일이 일어날까 봐.

그 일이 더 선명한 기억으로 돌아오기 전에 머릿속에서 떨쳐내 버린다. 무채색으로 뒤덮인 세상에서 선 안의 공간만이 나의 작은 쉼터이다.

내게 보이는 세상에는 색이 없다. 다채로움이라고는 찾아볼 수 없다.

고개를 돌려 보이는 것은 수 없이 그어진 선과 색이 없는 사람들.

쌍둥이 오빠인 보현이는 어릴 때부터 심장이 약했다. 일상생활에는 큰 지장이 없지만, 운동 같은 심박수가 크게 뛰는 일은 할 수 없었다.

우리가 태어나고 얼마 안 됐을 당시에는 오빠의 건강이 더욱 악화되어 나는 누구의 관심과 사랑 속에서 자란 기억이 없다. 엄마는 병원에서 살다시피 하다가 오빠가 안정을 되찾아갈 즈음에, 그러니까 내가 초등학교에 입학할 때쯤, 드디어 우리 가족이 다같이 살게 되었다.

세상에 나온 지 얼마 되지 않아 가족들과 쭉 떨어져 살았지만, 그렇다고 오빠를 미워한 적은 없었다. 사실은 오빠를 미워할 수가 없었다. 엄마가 늘 내게 하는 말이 있었다.

나 때문이라고, 오빠가 아픈 건 다 나 때문이라고. 내가 오빠 것을 다 뺏어 태어나서 오빠가 이렇게 아픈 거라고. 평생 속죄하며 살라고…….

어린 나이였지만, 그게 사실이 아니라는 건 알고 있었다. 단지 숨쉬듯이 내 머릿속에 공기처럼 들어온 덕분에 어느 순간 사실이 되어 있었을 뿐이다.

엄마의 가시 돋친 말로부터 어린 시절의 나를 지켜준 사람은 할아버지였다.

할머니는 나와 보현이가 태어나고 얼마 안 되어서 돌아가셨다. 집안 어르신들은 할머니가 우리를 아주 예뻐하셨다고 했지만, 이제 너무 커버려서 잘 기억나지 않는다.

가끔 할아버지가 할머니 사진을 보고 계실 때면 햇볕처럼 따스하고 포근했던 할머니의 미소가 기억 속에서 슬금슬금 새어 나올 때 빼고는.

오빠가 병원에 있을 때 집에는 거의 할아버지와 나밖에 없었다. 할아버지는 내가 보현이를 보고 싶다고 하면 언제든 병원으로 데려가 주셨다.

오빠는 항상 기운이 없어 보였다.

내가 가거나 다른 사람들이 병문안을 올 때 지어보이는 미소는 꼭 가면을 쓴 것처럼 오빠의 얼굴이 아닌 것 같았다.

가끔 오빠와 같이 있고 싶을 때는 동화책을 가져가 오빠에게 읽어 주었는데, 책을 다 읽으면 오빠는 항상 고맙다며 머리를 쓰다듬어 주었다. 그게 좋아서, 사랑 받는다는 느낌이어서, 몇 번이고 동화책을 가져가 읽어주었던 게 생각난다.

오빠와 나는 바다를 참 좋아했다.

바다에 가면 맡을 수 있는 향기를 좋아했고, 폭신폭신한 모래사장을 좋아했고, 소라껍데기를 주워서 듣는 파도소리를 좋아했고, 우리를 둥실 띄워주는 파도를 좋아했고, 여름의 뜨거운 햇살을 받으면 다이아몬드처럼 빛나는 모래 알갱이를 좋아했고, 무엇보다도 그 넓디넓은 바다를 모두 비춰주는 따스한 햇살을 무척 좋아했다.

오빠의 건강이 조금 호전됐을 때 딱 한 번 엄마, 아빠, 할아버지, 오빠와 나는 다 같이 바다에 갔었다. 엄마와 아빠는 파라솔 밑에서 쉬고 계셨고, 할아버지랑 오빠랑 나는 그 폭신한 모래사장을 밟으며 술래잡기를 하였다. 너무나 즐거워서 아직도 그 기억이 생생하다.

나는 그 후로 항상 오빠가 다 나으면 같이 술래잡기를 하고 싶다고 말했었다. 오빠는 지금 같이 해줄 수 없어 미안하다며, 꼭 같이 해주기로 손가락을 걸고 약속해줬다.


유난스럽게도 날씨가 좋은 날이었다. 하늘은 맑고 햇볕은 따뜻했으며, 잔잔한 바람은 기분 좋게 뺨을 스쳐 지나갔다. 이때는 이 날이 얼마나 후회될지는 전혀 예상하지 못했다.

오랜만에 엄마와 손을 잡고 병원으로 향했다. 오빠가 앞으로는 많이 움직이지 않는 간단한 운동은 해도 될 것이라는 희소식이었다. 어릴 때의 나는 그게 어떤 의미인지 잘 몰랐지만, 엄마의 기쁜 표정으로 보아 좋은 일이라는 것을 짐작했다.

오빠는 지금까지 본 얼굴 중에 가장 행복한 얼굴을 했다. 오랜만에 보는, 아니 아마도 태어나서 처음 보게 된 오빠의 행복한 얼굴은 나를 들뜨게 했다. 늘 울음을 꾹 참고 있는 것만 같은 표정을 언제 했냐는 듯 활짝 웃고 있었다.

오빠가 회복되자마자 가장 먼저 한 말은 "보연아, 술래잡기 할래?"였다. 나는 좋아서 우렁차게 대답했다.

"내가 술래 할 테니까 네가 도망가."

"좋아. 서둘러서 안 쫓아오면 못 잡을 걸."

나는 오빠에게 잡히지 않기 위해 요리조리 계속 방향을 바꾸며 뛰었다. 내 바로 뒤에서 오빠가 달리고 있었다. 오빠와 함께 뛰고 있다는 사실이 가슴 벅차게 기뻤다.

오빠의 두 다리는 자유롭게 초록색이 가득한 잔디밭 위를 달리고 있었다. 내가 한 발자국 한 발자국 내디딜 때마다 뒤이어 들려오는 오빠의 발소리가 귀에 듬뿍 들어와 살랑살랑 간지럽히는 기분이 좋았다. 하늘을 날고 있는 것만 같았다. 오빠의 발은 날개가 달린 것처럼 가벼워 보였다.

그런데, 그 날개가 떨어져 버린 것은 정말 한순간이었다.


꼭 닫힌 수술실 문이 미웠다.

마치 수술실 문이 닫힌 후로 한 번도 열리지 않은 엄마와 아빠의 입 같았다. 오빠는 갑작스러운 운동으로 인한 발작으로 간단한 수술을 받게 되었다. 정적을 깨고, 드디어 엄마가 입을 열었다.

"왜 그랬니?"

무서웠다. 높낮이가 없는 엄마의 말이, 그동안 한 번도 보지 못한 무서운 엄마의 표정이 소름 끼쳐 몸이 덜덜 떨려왔다.

"왜 그랬냐고 묻잖니. 대답해, 어서!"

"오빠가 같이 술래잡기하자고 해서……."

"보현이 몸 약한 거 모르니? 네가 말렸어야지."

"하지만, 오빠가……."

"대체 어쩌자고 보현이를 저 지경으로 만든 거니? 오빠 정말 잘못되면 어떡하려고 그러니! 다 네 탓이야!"

"엄마……."

"너는 어쩜 항상 그렇게 민폐만 끼치니. 왜 오빠를 가만두지 않는 거야. 너 때문에 오빠가 저렇게 태어났는데, 또 아프게 하고 싶든? 난 정말 알 수가 없구나."

아니잖아요, 엄마. 내 잘못이 아니잖아요. 왜 나한테 그러세요.

대체 뭐가 잘못된 것일까. 정말 내가 잘못한 건가.

오빠와 조금이라도 함께 있을 시간을 바란 게 그렇게 큰 잘못이었을까.

엄마의 분노와 아빠의 침묵은 나를 절망스럽게 했다.

그보다 더 절망스러웠던 것은 오빠의 두 다리가 다시 병원에 묶였다는 것. 그 모든 것들이 나를 절망의 구렁텅이 속으로 빠지게 만들었다. 선택지는 하나 밖에 없었다.

"잘못했어요. 다시는 안 그럴게요."

'스윽.'

처음 그은 선이었다.

그 일 이후로 많은 것이 변했다.

오빠의 두 다리는 다시 병원에 묶였고, 나에 대한 엄마의 태도가 달라졌다. 모든 것이 오빠 우선이었던 점은 변하지 않았지만, 나는 이제 우리 집에서 없는 사람이 되었다.

오빠도 변했다.

처음에는 엄마 대신 나를 챙겨주려 했지만, 엄마의 완강한 태도에 오빠도 두 손을 들 수밖에 없었다. 여태껏 자신을 보살펴주며 싫은 내색 한 번 하지 않은 엄마에게 반기를 들 수 없었을 것이다. 오빠는 그렇게도 착한 사람이니까. 그래, 그러니까 어쩔 수 없었을 것이다.

아빠가 여전히 침묵을 지키고 있다는 점도 바뀌지 않았다. 아, 아빠가 한 가지 바뀐 점이 있다면 주기적으로 담배를 사기 시작하셨다는 것 정도.

나는 이 상황에 익숙해질 수밖에 없었다. 학교에 가도 친구들과 어울릴 수 없었다. 모든 사람들이 나를 싫어할 것이라고 생각했다. 선을 긋고 또 그었다. 이렇게 계속 긋다 보면, 내가 먼저 사람들을 멀리하면 괜찮아질 줄 알았다.

그때는 '시간이 약'이라는 말을 믿었지만, 점점 아무것도 믿을 수 없게 되었다.

시간은 오히려 독이었다. 시간이 지나도 아무것도 변하지 않는다는 사실은 나를 더욱더 옥죄었다. 가족도, 친구도, 내 주변 모든 것들도 나를 밀쳐냈다. 나는 세상에서 필요 없는 사람이 되었다. 어차피 내가 어떻게 하든 모두 나를 싫어할 테니 노력할 필요가 없었다. 내 주위 사람들은 점점 멀어져 갔다.

'스윽.' '스윽.' '스윽.' '스윽.' 이제 나는 아주 외롭고 큰 무인도에 홀로 갇혀 버렸다.

초등학교를 졸업하고 중학교에 진학해도 달라지는 것은 없었다. 나는 선을 긋고, 다른 아이들은 그 선을 넘어오지 않았다. 다들 친구들이 있는데 굳이 애써서 그 선을 넘어오려는 아이는 없었다. 혼자 등교하고, 혼자 이동수업을 가고, 혼자 밥을 먹고, 혼자 하교하는 게 나의 일상이었다.

시간이 지나도 주변에 친구가 없으니 이상한 소문이 생기는 일 따위는 당연했다. 복도를 지나갈 때 처음 보는 애들이 수군거려도 못 들은 척, 모르는 척했다. 그때는 딱히 내게 피해를 주지 않아 신경 쓰지 않았다, 후에 어떤 일이 생길지도 모른 채.

오빠는 출석일수가 여유 있어 가까스로 초등학교를 졸업하고, 다시 병원에 입원했다.

1학년 1학기까지만 병원에 입원해 있다가 2학기가 되자 나와 같은 학교로 들어왔다.

오빠는 외모도 평균 이상이고 친화력이 좋은데다가 공부도 잘해서 금방 우리 학교에 적응했다. 게다가 친구, 선배, 선생님들께도 인기가 넘쳐 학교에서 오빠를 모르는 사람이 없을 정도였다.

이때까지만 해도 다시 오빠와 학교를 다닐 수 있다는 게 정말 좋았다, 이때까지는.

오빠가 학교에 들어온 후 내가 듣는 말은 몇 가지로 추려졌다.

"네가 보현이 쌍둥이 동생이니?"

"같은 배에서 나왔는데 어쩜 이리 다를까."

"쟤랑 보현이랑 쌍둥이라며? 보현이 힘들겠다."

"보현이 집에서는 어때? 나랑 잘 되게 도와줄래?"

"나 보현이 좋아하는데 보현이 번호 좀 알려줄 수 있니?"

"보현이 보고 싶은데 너네 집 놀러 가도 돼?"

"보현이 사진 하나만 찍어다 줄 수 있어?"

"보현이 반만 해주면 좋을 텐데."

"보현이는……." "보현이가……." "보현이랑……."


'그만해.'

지친다. 지겨워 죽을 것 같아.

나는 나일 뿐인데 오빠랑 비교 당하는 삶 같은 거 너무 지긋지긋해. 오빠는 학교에서 나를 보면 꼬박꼬박 인사를 해주었다. '그러지 마. 얼굴도 모르는 저 아이들이 또 무섭게 웃잖아.' 되도록 마주치고 싶지 않아 늘 피해 다녔다.

미안해, 오빠…….

학교에서 집에 오면 더 외롭기만 했다. 학교가 사람이 많을수록 무서운 곳이라면 집은 반대로 아무도 없어 고요한 바다에 혼자 갇힌 기분이 든다. 큰 소리로 외쳐도 아무도 도와주러 오지 않을 것만 같아 괜스레 무서운 기분이 든다.

집에 들어가기 싫어 일부러 학원을 다녔다. 학원에 가면 적어도 혼자는 아니라서 무서움이 덜했다. 밤늦게 학원이 끝나고 집에 오면 기분이 한결 나았다. 집에 와서는 아무 생각 없이 자는 게 편했다.

생각이 많아질수록 선이 구불구불 복잡해지는 것 같아 싫었다.

그렇게 잠들어 하루를 마치고 나면 또 같은 하루가 시작됐다.

그렇게 3년 동안, 늘 바로 어제와 다를 것 없는 똑같은 하루의 반복이었다.

한 번은 이런 일도 있었다. 그때 내 자리는 창가 맨 뒤쪽이었는데, 옆자리에는 주인이 없었다. 학기 말이라 전학 오는 사람도 없어 자리가 채워질 리는 없다고 생각했었다. 그런데 방학을 일주일 앞두고 여자애가 전학을 왔다. 전학생의 이름은 '유소영'이고, 당연하게도 내 옆자리의 주인이 되었다. 유소영은 밝고 친화력이 좋아 금세 내게도 말을 걸어왔다. 그때마다 엉겁결에 대답을 해줬다. 그 일이 큰 태풍이 되어 나를 덮칠지도 모른 채.

시간이 지날수록 소영이와 함께 지내는 시간은 많아졌다.

소영이는 보현이가 내 오빠라는 사실을 알았음에도 나에 대한 태도가 달라지지 않았다. 아니, 달라지지 않은 줄 알았었다고 하는 게 맞을 것 같다.

소영이와 함께 등교하고, 함께 이동수업을 가고, 함께 밥을 먹고, 함께 하교하는 게 일상이 되었다. 처음으로 선을 긋지 않은 사람이어서 좋았다. 밀어낼 필요가 없는 사람. 나의 옆자리를 소영이가 가득 채워서, 빈 공간이 없을 정도여서 기분 좋은 느낌이었다. 오랜만에 맛본 행복에 너무 들떠 있었던 게 이유일까. 불행은 너무나 빨리 나를 찾아왔다.

별로 특별한 게 없던 날이었다. 소영이가 매점에 다녀온다기에 나는 화장실에 갔다. 볼 일을 보고 나가려고 하는데, 시끌벅적하게 여러 명의 목소리가 들려왔다. 걸어둔 문고리를 잡고 열려고 하는 순간 누군가의 날카로운 말이 비수가 되어 가슴에 꽂혀 나를 멈추게 했다.

"너는 왜 하보연이랑 같이 다녀?"

"무슨 소리야. 보연이가 어때서?"

"뭐야, 너 하보연 소문에 대해서 몰라?"

"무슨 소문? 그게 무슨 소리야?"

그러고는 그 아이들은 나도 모르는 내 얘기를 하고 있었다.

"설마, 전혀 몰랐어. 그런 걸 숨기고 있을 줄은……."

"우리랑 다니는 게 더 낫지 않아? 걔랑 다니면 너만 피해라고."

서러웠다. 소영이에게만큼은 사실을 알려주고 오해를 풀고 싶었다. 멈춰 있던 손을 움직여 문을 열고 나갔다.

"소영아, 저거 다 오해야. 네가 지금 들은 것들 다 헛소문이라고."

"너 그 안에서 다 엿들은 거야?"

"그건 아니고, 어쩌다가……."

"뭐, 됐어. 어차피 하보현이랑 좀 친해져볼까 해서 너랑 놀아준 건데. 그런 질 떨어지는 소문까지 듣고 어떻게 너랑 같이 다니니?"

내가 잘못들은 건가. 분명 소영이의 목소리였다. 제발 아니라고 말해줘. 내가 아는 소영이는 그런 말을 할 아이가 아니었다. 심장이 곤두박질치며 터질 것만 같았다.

"너 정말 그 소문들 다 믿는 거야?"

"내가 이 상황에서 어떻게 안 믿겠어. 다 사실 같은 걸?"

아니라고 말해. 말하라고, 제발. 제발, 유소영…….

결국 또 하보현이구나. 또 너였어, 하보현. 내 인생에서 너를 지우면 나의 존재 목적도 사라지는 거니? 너는 또 나를 너무나 비참하게 만들었어. 이러면 안 되는데, 너를 미워하면 안 되는데. 내 마음속에서 너를 원망하는 마음이 점점 커져만 간다.

가슴이 아파서 숨을 못 쉴 것 같다. 눈물이 솟구쳐 흘러나와서 앞을 가린다. 한 번 틈을 보인 나의 실수가, 방심하고 선을 긋지 않았던 나의 행동이 이렇게 아플 줄은 꿈에도 몰랐다.

이 일이 있은 후로 나는 보현이를 더 피해 다녔다. 단 한 번이라도 마주치지 않도록. 우리 둘이 얽혀 구설수에 오르내리지 않도록. 그리고 더는 실수하지 않으려고, 틈을 보이지 않으려고 더 철저하게 선을 그었다.

그 누구라도 절대 넘어올 수 없도록. 더는 상처받고 싶지 않으니까.


'스윽.' 나는 혼자서 수없이 많은 선을 계속 그어나갔다.


지옥 같았던 중학교 생활이 끝이 나고, 고등학교 발표가 났다. 집에서 가장 먼 학교로 가게 되었다. 이전의 나를 모르는 아이들과 지낼 수 있다는 생각에 조금이나마 들뜬 기분을 만끽했던 것도 잠시 오빠와 같은 학교에 붙었다는 얘기를 들었다.

최악이다.

내가 생각했던, 꿈꿨던 고등학교 생활은 시작해보기도 전에 끝이다. 나는 아무도 내게 관심 가지지 않고 그저 조용하게 생활하는 것, 그거 하나만을 바랐던 것뿐인데. 세상에 신이 있다면 왜 나만 이렇게 불행하게 만들었을까. 전생에 무슨 죄를 지었기에.


햇살이 따스하고 바람이 선선한 토요일 오후였다.

거실에서 시리얼을 먹는데, 현관문 여는 소리가 들렸다. 재빠르게 그릇을 들고 방으로 들어갔다. 집에 돌아온 건 엄마였다. 우사인 볼트 뺨친 내 발을 칭찬하며 다시 앉아 시리얼을 먹기 시작했다.

우리 집은 네 가족이 다 함께 있는 시간이 많지 않다. 아빠는 야근과 출장이 잦으시고, 엄마는 간호사라서 교대로 일을 하시기 때문에 들어오시는 시간이 규칙적이지 않다. 물론 온 가족이 집에 있다고 해서 함께 있는 건 아니다.

나는 항상 방 안에 있다. 내가 오빠를 계속 피해 다닌 덕분에 우리 둘은 정말 어색해졌다. 결국 남보다 못한 사이가 되었다.

오빠는 중학교 때 나에게 그 일이 생긴 이후로 나에게 신경을 끄기 시작했다. 딱 한 번 나에게 괜찮으냐고 물어봤었다. 그때 차라리 물어보지 않았으면 했다. 괜찮으냐는 질문에 나는 어떻게 대답해야 할지 모르겠다.

괜찮지는 않은데, 티내고 싶지는 않았다. 입안에서는 여러 가지 단어들이 맴돌았지만 이내 짧디 짧은 한 마디만 입 밖으로 내보내고는 입을 꾹 닫았다.

더 다정하고 긴 대화를 나누고 싶지만, 내가 원하는 것들은 이미 저 멀리 구름처럼 닿을 수 없게 되어버렸다.

그 때로 되돌아가려면 한참을 달리고 또 달려야 한다.

쉴 새 없이 달려 도착했을 때, 그때 무엇이 기다리고 있을지 두렵다. 예전

같은 상황이 오지 않는다면 나는 어떻게 해야 할까. 내가 원한 상황으로 돌아가지 못했다면 어떡하지.

애써 돌아갔지만 내가 아는 그때의 보현이처럼 웃어주지 않는다면 나는 과연 어떤 표정을 지어야 할까. 다시 쉴 새 없이 달려 돌아가야 하는 것일까. 알 수 없는 미래가, 되돌아오지 않는 과거가 한없이 두렵다. 내가 이렇게 겁이 많았었다는 것을 다시 한 번 알게 된다.

선 밖으로는 한 발짝도 내딛지 못하는 겁쟁이.

수많은 색도 구별 못하고 모든 것이 단조로워 보이는 색맹.

그게 나다.

'다시 돌아갈 수 있을까.' 생각해 보지만 쓸데없는 기대를 걸기 전에 서둘러 포기해 버린다.


버스에 올라타 40분을 달려 학교 앞 정류장에 내렸다.

입학식이라 학부모와 같이 온 사람들이 드물지 않게 보인다. 저기 활짝 핀 웃음을 띤 사람이 활짝 핀 꽃을 사는 모습이 보인다. 꽃을 받아들은 학생은 더할 나위 없다는 듯 웃어 보인다. 나도 따라 웃었다. 꽃이 예뻐서, 꽃다발을 산 그 사람의 마음이 예뻐서.

부럽다는 생각이 드는 건 당연한 걸까, 나는 이런 생각을 할 자격이 없는지도 모른다. 다른 이의 무언가를 뺏어 태어난 사람이 또 다른 이의 것을 탐낸다고 한다면 욕을 한 바가지 먹어도 시원찮을 것이다. 입학식은 의외로 빨리 끝났다. 교장 선생님의 훈화 말씀이 짧았던 게 한몫했다. 입학식이 끝나고는 각자 반에 가서 담임 선생님을 확인하고 공지사항을 전달받았다. 내가 맨 뒤도 아닌데, 옆자리가 빈 걸 보니 평범한 아이의 자리는 아닌 것 같다. 조용한 애였으면 좋겠는데, 그게 내 마음대로 되나.

"강채연."

"네."

"이민혁."

"네."

"이봄······. 이봄 없어?"

"죄송합니다. 이봄 왔습니다."

"왜 지금 오는 거니?"

"길을 헤매서 늦었습니다. 앞으로 일찍 오겠습니다."

늦게 왔으면서 헤벌쭉 웃으며 대답하는 게 아주 천하태평이다. 염색에 화장까지 한 걸 보니 저 아이 짝꿍은 고생길이 훤할 것이다. 가만, 지금 빈 자리는 내 옆자리밖에 없는 거 같은데······. 설마, 말도 안 돼. 망했다. 설마가 사람 잡는다는 말은 정말 일리 있는 것 같다.

"빨리 앉아라. 다음부터는 일찍 오고."

"네."

그 아이가 자리에 털썩 앉았다.

짝꿍 이름은 '이봄.'

'말이 많아 보이지는 않으니까 괜찮겠지.' 라고 생각하는 찰나 그 아이가 말을 걸어왔다.

"안녕?"

뭐라고 대답해야 할지 모르겠다. 어떻게 말해도 싫어할 거면서······. 그럴 거면 차라리 아무 말도 하지 않는 게 낫지 않나?

"하하······. 쑥스러움 많이 타니? 나도 그래, 너는 어디 중학교 나왔어?"

"······."

"그럼 초등학교는? 유치원은 어디 나왔어?"

이제 그만 물어볼 때도 되지 않았나.

"······."

"그럼 산부인과는? 같은 곳이면 진짜 신기하겠다."

우리 동네에 산부인과 하나밖에 없는데 무슨 소리야. 너 말 많은 애였구나…….

"이것도 인연인데 친하게 지내보자."

그만해. 넘어오려고 하지 마.

"저기, 조금 불편해서 그러는데 말 좀 그만할 수 있니?"

"아, 불편했구나. 미안해. 내가 앞으로 조심할게……."

"……."

왜 너는 그렇게 친절하게 대답해. 왜 너는 다를 거라는 희망을 갖게 만드냐고. 여기서는 짜증을 내는 게 보통이잖아.

"내 이름은 이봄이야. 이것도 인연인데 앞으로 친하게 지내자."

그 정도는 출석 부를 때 들어서 나도 알아.

"……. 나는 하보연. 친하게 지내지는 않았으면 좋겠어."

"그래, 보연아. 친하게 지내자."

얘 진짜 뭐야? 그보다 내 말 무시하지 마.

그렇게 환하게 웃지 마.

어차피 너랑 친해질 생각 없으니까 나에게 다가오려고 하지 마. 헛수고일 뿐이야. 나도 상처받고 싶지 않고, 너한테 상처 주기도 싫으니까 그만 오라고.

그동안 이봄을 관찰한 결과 미용에 관심이 많아서 염색을 했고, 화장품을 많이 들고는 다니지만 과하게 하고 다니지는 않는다. 다른 아이들에게 화장해주는 것을 좋아하며, 순진하고 새침데기처럼 생긴 것과는 다르게 덜렁거린다. 남다른 친화력을 갖고 있으며, 나한테 계속해서 말을 건다.

급식으로 나온 사과주스를 마시면서 반으로 가고 있는데, 사용하지 않는 체육 창고 쪽에서 시끄러운 소리가 들렸다. 발길을 돌려 지나온 창고 쪽으로 향했다.

누군가의 비명소리가 귓가에 울릴 때, 믿기지 않는 장면이 내 시야에 들어왔다.

"우리 봄이는 무슨 화장품 쓸까?"

"나눠 쓰자, 친구끼리."

"아……. 내거는 별거 아니야."

"야, 이거 어제 나온 신상이잖아."

"뭐야, 진짜. 별거 아니라더니."

세 명의 여자애들이 이봄을 둘러싸고 있었다. 이봄은 가운데에 끼여 반항조차 못하고 있었다. 괴롭힘당할 만한 애로 보이지는 않는데……. '의외다.'라고 생각하는 순간 이봄과 눈이 마주쳤다.

나는 정신없이 달려 그 자리를 벗어났다. 달리고 달리다가 주변을 둘러볼 수 있을 때쯤 멈춰 그 자리에 우뚝 섰다.

그리고는 생각했다. 생각하고, 생각하고 또 생각했다. 머릿속에서 지우려고 해도 자꾸만 생각이 나서 지워지지 않았다. 괴롭힘을 당하는 순간에도 나를 보고 입 모양으로 말하는 그 아이를.

'그냥 가.'

다시 발길을 돌려 체육 창고로 향했다. 한 발자국 내디딜 때마다 이봄의 목소리가 더 커지고 있었다. 바로 조금 전 스쳐 지나갔던 그 풍경이 다시 보이자 이봄도 다시 보이기 시작했다. 그러자 내 나약함이 더욱 또렷이 보였다. 이봄은 그 와중에 다시 나를 발견했다. 다시 입 모양으로 똑같은 말을 했다.

'그냥 가.' '오지 마.' '그냥 가, 제발.'

이봄 말은 무시하고 그 아이들에게 다가갔다. 평소에 무시를 많이 해 봐서 그런지 쉬웠다. 그 아이들에게 다가가 말을 걸었다.

"뭐 하는 거야?"

"보면 몰라? 우리는 봄이랑 놀고 있는 중이니까 제 3자는 갈 길 가시지."

"애 지금 내가 필요하니까 데려간다."

"뭐야? 네가 뭔데."

"아, 나는 하보연이라고 해. 됐지? 그럼 이만."

"뭐? 이게 진짜."

손 먼저 올라가는 거 봐라. 내 뺨으로 직행열차 타고 오고 계시네. 이걸 맞아야 되나, 막아야 되나.

"야! 거기 니들 뭐야!"

선생님 나이스 타이밍. 방금 전 돌아올 때 학주 선생님께 말씀드리고 온 건 내 인생 최고의 선택이었다. 잘했다, 하보연.

"선생님 왜 이제 오셨어요. 저 너무 무서웠어요."

"저게 진짜, 방금 전까지만 해도 눈에서 레이저를 쏘더니."

"그만하고 다친 사람은 없는 것 같으니까 각자 반으로 가라."

"네, 선생님."

쌤통이다, 메롱. 그 세 명이 가자 다리가 풀렸는지 털썩 주저앉은 봄이가 눈에 들어왔다. 어휴, 할 수 없지. 이왕 참견한 거 조금만 더 참견하자.

"이봄, 뭐해. 가자."

"보연아……. 나 너무 무서웠어."

"그러게 왜 개네랑 같이 있냐."

"처음에는 화장품에 관심 있는 애들인 줄 알고……."

"화장품 뺏을 때는 왜 가만히 있었어?"

"그런 일은 처음이라 너무 무서워서……."

"다음부터는 싫다고 딱 잘라 말해."

"응……. 그럴게."

나는 많이 놀랐을 그 아이에게 손을 내밀어 일으켜 주었다.

오늘은 비가 온다. 비가 추적추적 내린다.

나는 비가 싫다. 일부러 물웅덩이를 피해 걸어도 신발 속으로 조금씩 스며드는 비가 싫다. 풀들이 비에 젖어 나는 냄새가 싫다. 옷이 젖어 축축해지는 게 싫다. 머리가 금방 떡지는 것도, 학교 복도가 미끄러워지는 것도, 우산을 써도 가방이 젖는 것도 싫다. 괜히 울적해지는 것도 싫다. 비가 오면 여러 가지로 기분이 별로다.

화장실 가장 끝 칸에 들어가 옷가지를 정리했다. 몇 명의 아이들이 얘기를 하면서 들어오기에 발걸음을 멈추고 숨을 죽였다.

왠지 모르게 그래야 할 것만 같았다.

"너는 왜 하보연이랑 같이 다녀?"

또야? 이제 그만할 때도 되지 않았냐. 나 진짜 화장실 끝 칸에 뭐 있나 봐.

"너 하보현 알지? 걔랑 하보연이랑 쌍둥이잖아."

"아, 정말? 이름이 비슷한 건 알고 있었는데 그건 몰랐네."

"쌍둥이인데 그렇게 다른 거 보면 하보연이 무슨 문제가 있는 거 아니겠어?"

그 레퍼토리는 지겹지도 않냐. 분명 이봄의 목소리였는데, 이제 보려고 하지도 않겠네. 가만, 나 지금 서운하다고 생각한 거야? 요즘 너무 방심했어. 정신 차리자, 하보연.

"너도 그냥 우리랑 다니자."

"그래, 걔 어딘가 모르게 음침해서 싫어. 중학교 때 소문도 안 좋고."

이제 내 험담도 클라이맥스인 것 같은데 슬슬 나가볼까.

"나는 보연이 좋아, 나쁜 애 같지도 않고. 나 걱정해서 얘기해준 건 고마운데, 보연이가 오해할 수도 있으니까 이 얘기는 없던 걸로 하자. 그럼 나는 갈게."

나갈 수 없었다. 이봄의 목소리가 나를 토닥여주며 이제 괜찮다고 말해주는 것 같아서, 더 이상 걱정하지 말라고 말하는 것 같은 목소리가 너무 따뜻해서 그 자리에 멍하니 서 있을 수밖에 없었다.

고마워서, 너무 고마워서. 나를 감싸준 그 아이가 너무 고마워서 눈물이 났다.

오늘은 보현이의 생일이다. 그리고 내 생일이기도 하다. 오빠는 살아 있어서 고맙다고 지겨울 만큼 축하받는 사람이다. 반대로 나는 아직도 살아 있는 게 지겹다는 말을 듣는다. 잠자는 숲 속의 공주에서 축복받지 못한 마녀처럼, 내가 있을 자리는 없다. 나는 왜 태어났을까. 보현이는 원해서 낳은 자식이고, 나는 아닌가. 태어나지 말걸. 매년 생일마다 하는 생각인데, 그건 마치 부메랑 같아서 저 멀리 날아갔다가 이맘때쯤이 되면 다시 돌아온다.

매년 그랬듯이, 부정적인 생각들이 꼬리에 꼬리를 물고 늘어졌다. 그럴 때면 나 자신이 한없이 무기력해지고 그 누구보다 낮은 사람이란 걸 새삼 느낀다. 길거리에 노숙자 아저씨도 불쌍히 여기는 사람이 있는데, 정작 나를 불쌍히 여기는 사람이 있긴 할까.

모두들 내가 무시당하는 게 당연하다고 생각하겠지. 분명 그럴 거야. 원래 나는 태어나지 말았어야 할 존재잖아.

오빠 것을 다 뺏어 태어난 주제에. 나 같은 거 이 세상에 없는 게 더 나아.


나는 세상이란 문을 열고 나온 날, 다시 문을 닫고 돌아가려고 결심했다. 아무도 모르게 화장실로 향했다. 가장 끝 칸에 들어가 문을 걸어 잠그고 바닥에 털썩 앉았다.

손을 들어 천천히 긋기 시작했다. 차갑고 날카로운 것이 살결에 닿아 온몸에 소름이 돋는다. 벌어진 틈 사이로 새빨간 피가 새어 나온다. 차갑고 날카로운 것이 내 살에 닿는 것이 반복될수록 정신이 아득해진다.

미치도록 아픈 건지 뜨거운 건지 차가운 건지 감각이 느껴지지 않을 지경에 이르렀다. 이제 내 피는 고이고 고여 저 멀리까지 흘러가 버렸다.

지금은 1교시 수업시간, 아무도 발견하지 못하면 난 이대로 죽겠지. 점점 시야가 흐려지고, 온몸에 힘이 빠졌다. 귓속에서 누군가의 목소리가 울리는 순간 차가운 바닥 위에서 정말로 눈이 감겼다.

지독한 소독약 냄새가 코끝을 찌른다. 눈꺼풀이 무겁다. 몸에 힘이 들어가지도 않는다.

정말 웃긴 상황이다. 나름 결심하고 유서도 써놨는데, 누가 보기 전에 얼른 찢어버려야겠다. 누가 나를 병원에 데려왔지. 언뜻 목소리가 들렸던 것 같은데.

"이제 일어났니?"

"아, 선생님. 여기는 어떻게 오셨……."

"어떻게 오긴. 볼 일 보러 갔는데, 네가 피를 철철 흘리며 쓰러져 있어서 내가 얼마나 놀란 줄 알기나 하니?"

"아, 죄송……."

"하다고는 하지 마. 그런 게 다 선생님들 일이니까."

"네……. 갈까요? 이제 학교 가야죠."

"학교에 연락했으니까 넌 여기서 쉬어."

"선생님은 가시게요?"

혼자 있는 건 싫은데……. 더군다나 병원에 혼자, 입원까지 하고.

"아니. 어차피 보호자 올 때까지는 내가 있어야 하니까 나도 같이 쉬지, 뭐."

"엄마랑 아빠, 아직 안 오셨어요?"

"아, 응. 연락이 안 되네. 무지 바쁘신가 보다. 요즘은 바쁜 게 좋은 거지."

한 번쯤은, 한 번만이라도 와주지.

"그렇죠. 바쁜 게 좋은 거죠, 바쁜 게."

"참, 보현이한테는 연락을 못 줬는데 지금 해야겠다."

"선생님, 제가 자살시도했다는 거요……. 아무한테도 말씀 안 하시면 안 돼요? 학교에도 비밀로 하고 싶은데……."

"음, 그래. 네 주변 사람들한테는 말 안할게. 학교에는 얘기를 해봐야 알아."

"그럼 부탁드려요……. 어떻게 안 될까요?"

"그래, 내일 출근해서 말씀드려볼게."

"네, 감사합니다."

"그럼, 넌 눈 좀 붙이고 있어. 난 간단히 배 채울 거나 사올게."

보현이에게만큼은 절대 말할 수 없어. 너랑 비교당하는 게 진절머리 나서 자살시도 했다는 말을 어떻게 해. 보현이한테 거짓말을 어떻게 해. 아무 말도 안 하면 그냥 조용히 넘어갈 수 있어. 보현이도 모르는 게 더 낫지 않을까. 괜히 신경 쓰게 하고 싶지 않아. 긴장감이 풀려서인지, 손목에서 느껴지는 통증이 그 일이 꿈이 아니었다는 걸 깨닫게 해준다. 긴장감이 풀려서인지, 잠도 꾸벅꾸벅 몰려온다. 하품을 하고는 폭신폭신한 침대 위에서 눈을 감았다.

어지러운 머리에 눈을 뜨니 창문 밖의 맑은 하늘만이 보였다. 몸을 일으켜 탁자를 보니 선생님께서 써놓고 간 메모가 있었다.

'마음 같아서는 계속 같이 있고 싶지만, 그럴 수가 없어서 메모로 남길게. 퇴원 수속은 내가 다 밟아놨으니까 너는 일어나면 퇴원하고, 집에 가서 푹 쉬다가 내일 학교 오렴.'

간단하게 세수를 하고 병원을 나왔다.

역시 집에는 아무도 없었다. 어제 학교 가기 전에 써놓은 유서나 누가 보기 전에 얼른 찢어버려야겠다.

그나저나 가족들한테는 또 뭐라고 하지. 별로 궁금해 하지도 않을 텐데 이런 거 고민하는 것도 우습다…….

지금쯤 학교는 점심시간이려나. 피를 너무 많이 흘려서인지 쓸데없는 고민에 열중해서인지 머리가 어지럽고 피곤함을 느꼈다. 침대에 곤히 누워 있으니 책상에 놓아둔 디퓨저 향기가 폴폴 풍겨왔다.

밖에서 달그락거리는 소리와 대화소리가 들린다.

일어나서 곧장 거울을 보고 안색을 확인했다. 낯빛이 너무 좋아 보여도 의심할 것이고, 너무 안 좋아 보여도 괜한 관심만 더 끌뿐이다. 적당하게 돌아온 혈색을 체크하고 거실로 나갔다.

부엌에서는 엄마가 상을 차리고 있었고, 거실에서는 오빠와 아빠가 텔레비전을 보며 대화를 나누고 있었다. 오랜만에 보는 가족 같은 단란한 모습에 어딘가 모르게 조금 들떠 있었다. 냉장고에서 찬물을 꺼내 컵에 따라 마시고는 식탁에 내려놓았다. 다시 방으로 들어가기에는 너무 소외된 것 같은 느낌이고, 거실에서 텔레비전을 보며 같이 대화를 나누고 있기에는 무리가 있었다.

그렇다고 갑자기 엄마를 도와 상을 차리는 게 더 이상할 거라는 생각이 들었다. 그래서 그냥 식탁에 가만히 앉아 있었다. 엄마가 상을 다 차린 후 밥 먹으라며 오빠와 아빠를 불렀다.

밥을 먹는 와중에도 대화는 끊임없이 계속되었다. 아빠의 이번 출장 얘기, 엄마가 일하는 회사에 괴짜 환자 얘기, 오빠가 학교에서 무얼 했다느니 상을 받았다느니 하는 주제들뿐이었다. 이건 그 누가 보더라도 화목한 가족의 대화 그 자체일 것이다.

이 대화에 오직 나만 낄 수 없었다. 오직 나만 고개를 숙인 채 밥만 묵묵히 먹고 있었다. 같은 자리에 있으면서도 나 혼자 동떨어져 있다는 느낌에 속이 불편했다. 체하려나 하고 생각할 때쯤 엄마가 급하게 화제를 전환했다.

"너 어제 아파서 조퇴했다며?"

맙소사, 진짜 체할 것 같다.

"아, 네⋯⋯."

"얼마나 아팠기에 학생이 수업을 빠져?"

"감기 몸살기가 조금 있는 것 같아서요."

"뭐? 고작 그런 걸로 어제 오후 수업도 빠지고 오늘도 안 간 거야?"

"어제는 좀 힘들어서⋯⋯. 오늘은 약 먹고 쉬었더니 좀 괜찮아진 것 같아요."

"그럼 오늘이라도 학교에 갔어야지. 여보, 뭐라고 좀 해요. 하여간 요새 애들은 별것도 아닌 걸 가지고 꾀병이 심하다니까."

하하, 조금이라도 걱정해주길 기대했는데. 오빠도, 아빠도, 그 누구도 나에게 괜찮으냐고 물어봐주지 않았다.

손목을 그어 자살시도를 했다고 말해야, 그 정도는 해야 괜찮으냐고 물어봐 주는 건가. 과다출혈로 죽을 뻔 했다가 살아났다고 말해야 걱정이라도 해줄까.

이 나이에 이 시기에 이런 생각을 하는 나를 생각하니 피식 웃음이 나왔다. 보현이가 아플 때는 엄마가 전복을 사 와서 직접 전복죽을 끓여준다. 다 끓이면 모락모락 김이 나는 전복죽을 입으로 후후 불어 오빠에게 먹여주기까지 한다.

그 모습을 늘 문 뒤에서 바라보며 몰래 부러워하곤 했었다.

오늘따라 따뜻한 전복죽이 정말 먹고 싶었다.

그나마 다행인 건 학교에서도 내게 관심을 가져주는 사람이 없다는 것이다.

선생님들 중에서도 나를 병원에 데려온 담임 선생님과 교장선생님밖에 모르는 듯했다. 내 안부를 묻는 사람은 봄이 밖에 없었다.

"보연아, 괜찮아? 어저께는 말도 안 하고 왜 갑자기 조퇴했어?"

"미안. 어제 급하게 가느라 생각을 못 했네."

"너무해. 다음부터는 꼭 말해주기다?"

"그래, 알았어. 꼭 그럴게. 진짜로 미안."

오늘 점심으로는 닭죽이 나왔다. 전복죽은 아니었지만 금방 퍼서 따뜻한 닭죽이 오늘만큼은 그렇게 맛있을 수가 없었다.

수업 준비를 하려고 책상 서랍 안에서 교과서를 꺼내다가 무언가 따끔한 것에 찔렸다.

"앗!"

옆에서 키득키득하며 웃는 소리가 들린다.

무슨 상황인지 내가 어떤 처지인지 감이 온다. 몸을 숙여 안을 들여다보니 압정이 가득 깔려 있었다. 빼내려고 손을 집어넣을 때마다 따끔거리기 일쑤였다.

조용히 웃는 소리가 끊이지 않고 들려왔다.

공책 한 장을 찢어 그 위에 압정들을 올려놓고 쓰레기통으로 걸어가는 중이었다. 남자애 한 명이 갑자기 자리에서 일어나 내 어깨를 치고는 자기네 친구들과 웃어젖혔다. 교실 바닥에 압정이 시끄러운 소리를 내며 쏟아졌다.

나는 다시 그것들을 주워 종이 위에 올렸다. 꿇어앉아 압정을 줍고 있는 나를 아이들은 웃으며 바라보고만 있었다.

마침내 다 주워서 쓰레기통에 버리고는 피가 나고 있는 손가락을 가리며 양호실로 향했다. 양호선생님께 뭐라고 말씀드릴까 생각하며 문을 열었는데 다행히 양호선생님은 안 계셨다. 반창고를 찾아 붙이고 양호실을 나왔다. 교실에 가니 봄이가 학교에 와있었다.

"보연아, 안녕!"

"안녕. 오늘은 지각 안 하고 일찍 왔네?"

"헤헤. 맨날 지각하는 건 아니거든."

자리에 앉아 다시 얘기를 나눴다. 얼마 전에 영화를 봤는데 너무 재밌었다느니 새로 나온 노래인데 정말 좋으니까 꼭 들어보라느니 일상적인 대화를 하고 있자 마음이 편해졌다.

"세상에! 보연아, 너 손가락은 왜 그래? 다쳤어?"

뭐라고 둘러대지. 생각 안 해봤는데. 의심하지 않도록 자연스럽게 둘러대는 게 너의 임무다, 하보연!

"아, 별거 아냐. 어제 채소를 썰다가 살짝 베었어."

"어떡해. 많이 아파? 조심 좀 하지."

"하하, 그러게."

이럴 때는 애가 단순해서 다행이다. 더 자세히 물어봤으면 진짜 들킬 뻔했어. 이건 누가 봐도 그때 그 세 명이 확실해. 아무 반응도 하지 않으면 제풀에 지쳐 그만두겠지. 봄이도 걔네를 무서워하는데다가 걱정하면서 안절부절할 게 뻔한데, 역시 말하지 않는 것이 좋겠어.

그 다음날에는 지렁이, 또 그 다음날에는 쓰레기, 또 그 다음날에는 바퀴벌레 시체가 들어 있었다. 더는 참을 수 없어서 방과 후에 그 세 명을 불러냈다. 삼인방은 나를 깔보는 표정에 똑같이 팔짱을 끼고 있었다.

"요즘 그 짓들 너희가 한 거 맞아?"

"응. 당연히 우리가 한 거지. 또 누가 있겠니?"

"그런 짓은 왜 하는데?"

"우리는 네가 너무너무 싫어."

"그러니까 내가 왜 싫은 거냐고."

"싫어하는데 이유가 어디 있어? 그냥 싫은 거야. 넌 그냥 싫어."

정말 그런 건가. 말문이 막혔다. 그동안 나를 향했던 그 눈초리들이 아무 이유도 없는 거라 생각하니 아무 말도 생각나지 않았다.

"어머, 뭐 하니? 우리들 바쁜 사람인데 여기까지 불러냈으면 대가를 치러야지?"

그게 무슨 말이야……?

"으억!"

삼인방 중 가운데 있던 아이가 나의 복부를 발로 가격했다. 나는 배를 움켜쥐고 주저앉았다. 그러자 세 명이서 나를 발로 차고 밟아댔다. 교복에 가려 보이지 않을 부분만 때리는 걸 보니 잔머리는 있나 보다. 너무 아프다. 온몸이 욱신거리는 것 같았다.

웬만큼 때린 건지 자기들 분이 다 풀린 건지 서서히 발길질을 멈추더니 다음부터는 봐주지 않는다고 큰소리를 내며 갔다. 이게 봐준 거냐…….


비틀거리며 힘겹게 집에 도착했다. 현관에는 보현이 신발밖에 없어 다행이었다.

서둘러 씻고 팔소매가 긴 옷으로 갈아입었다. 거실에서 약 상자를 찾아 연고를 집어 들고 방으로 들어갔다. 상처가 난 부분에 연고를 바르는데 현관문이 열리는 소리가 들려 밖으로 나갔다. 엄마가 구두를 벗어놓고 있었다.

"다녀오셨어요."

"어, 그래. 들어가 봐."

인사를 하자 들어가 보라는 엄마의 말에 뒤돌아 방으로 걸어가는 중이었다.

"너 그거 상처니?"

맙소사. 무슨 상처를 말씀하시는 거지? 그 한마디에 몸이 얼어붙었다.

"네? 무슨 상처요⋯⋯?"

"네 허벅지 뒤에 상처랑 멍 아니니?"

높아진 엄마의 목소리 톤에 보현이도 방에서 나왔다.

"아, 이건요. 저기, 그게⋯⋯."

"진짜 가지가지 한다. 쌈박질도 하고 다니니?"

"엄마, 그런 게 아니라⋯⋯."

"아니긴 뭐가 아니야. 누가 봐도 맞아서 생긴 상처잖아. 너는 뭐하나 제대로 하는 게 없니?"

"싸운 거 아니에요⋯⋯."

"안 봐도 비디오다. 너는 대체 학교에서 공부는 안 하고 뭐 하니? 이럴 거면 학교 왜 다녀!"

내 말은 듣지도 않는다. 늘 그랬지만⋯⋯.

"엄마, 진정하세요. 보현이하고는 제가 잘 얘기해 볼게요."

"어? 아, 그럴래? 하보연, 너 보현이한테 똑바로 얘기해."

아, 보현이한테 뭐라고 둘러대지. 엄마처럼 몰아붙이지는 않으니까 침착하게 얘기하자.

보현이와 내 방으로 들어왔다. 침대에 걸터앉아 서로 침묵을 지키다가 이내 보현이가 입을 열었다.

"보연아."

"응?"

"어쩌다 그런 거야?"

"아, 이거? 별거 아니야. 계단에서 발을 헛디뎌서 넘어졌는데 엄마 반응이 너무 과하시네."

"아니, 어쩌다가 걔네한테 맞은 거야?"

너 지금 무슨 소리를 하고 있는 거야? 네가 그걸 어떻게 알았어. 아니 그보다, 애초부터 다 알고 있었던 거야……?

"뭐?"

"걔네 유명하잖아, 질 안 좋기로. 네가 뭘 했기에 걔네한테 맞고 다니냐고."

"……"

"대답 못하겠어?"

"……"

이미 다 알고 있는 사람한테 뭐라고 변명해. 아예 변명조차 할 수 없게 만들어 놓고서…….

"네가 이렇게 아무 말도 안 하면 나는 어떻게 생각해야 해? 내 친구들도 다 네가 이상하다고 그래. 걔네도 아무 이유 없이 그러지는 않을 거 아냐."

너 지금 네가 무슨 말을 하고 있는지 아는 거야? 왜 그런 식으로 말하는 거야?

"네가 뭐 잘못한 거 없어? 사실 문제는 너한테 있는 거 아냐?"

그럴 리가 없잖아. 나를 어떻게 보는 거야?

믿는 도끼에 발등이 찍히면 어떤 기분인지 알 것 같다.

믿지 않았던 도끼에 찍혔을 때보다 더 아프고 큰 상처가 생긴다. 내가 계속 아무 말도 안 하고 있자 보현이는 한숨을 내쉬며 방을 나갔다.

보현이가 나가고 침대에 누워 생각했다.

학교에 가기 싫다고, 그렇다고 집에만 있는 것도 싫다고. 이제 정말 내가 있을 곳이 없어졌다.


뭐든지 처음이 어렵지 두 번째는 쉽다고 한다. 삼인방은 나에게 처음 폭력을 가한 이후로 쉬는 시간마다 불러내어 욕하거나 때리는 짓을 일삼았다, 물론 아무도 보지 않는 곳에서 조용히. 쉬는 시간마다 어딘가로 사라진다는 것을 눈치챈 봄이가 나에게 얘기했다.

"보연이, 너! 요즘 쉬는 시간마다 자꾸 어딜 그렇게 가?"

"어? 어딜 가긴. 그냥 화장실 갔다 오는 거지."

"스읍. 수상한데? 나 내버려 두고 바람피우는 거 아냐?"

"바람은 무슨. 아냐, 그런 거."

"치. 그래도 네가 걔를 진심으로 좋아한다면 응원해줄게. 대신 우리는 평생 친구다?"

다른 누군가와 친해지면 그 사람이 내가 그은 선을 넘어왔다.

그런 사람들은 내가 별 반응이 없으면 제풀에 지쳐 다시 선 밖으로 나가 두 번 다시 돌아오지 않았다. 나도 그쪽이 편했다. 그저 호기심에 내 곁으로 온 사람들에게는 감흥이 없었다. 정을 주기 전에 떠나는 편이 더 나았다.

하지만 봄이는 달랐다. 봄이는 선을 넘어온 게 아니라 그 선을 스윽 지워버리고 천천히 내게 다가왔다. 색이 없는 것들 사이에서 봄이는 유독 눈에 띄었다. 밝은 색을 가지고 있으며 환하게 빛이 나는 아이였다.

봄이가 지워버린 틈 사이로 색들이 스며들었다. 다른 누군가는 나를 선 밖으로 끌어내려 했지만, 봄이는 내가 있는 곳 자체를 바꿔주었다. 나는 그런 봄이를 계속 보고 싶다고 생각했다.

삼인방이 아까 쉬는 시간에 왜 나오지 않았냐며 방과 후에 나를 체육창고로 불러냈다.

"너 아까 왜 안 왔어?"

"우리가 얼마나 기다렸는지 알아?"

"한 번만 더 이러면 이봄도 가만 안 둬, 알았어?"

"……."

나는 아무 말도 하지 않았다. 아니, 할 수 없었다. 초반에는 기세 좋게 대들었지만, 맞는 횟수가 늘어날수록 말을 아끼게 되었다. 하교하는 아이들이 이쪽을 흘끔흘끔 보며 지나갔다. 나와 눈이 마주치는 한이 있어도 누구 하나 발길을 멈추고 도와주러 오지 않았다. 삼인방은 나를 점점 구석으로 몰아갔다.

누군가 도와주러 왔으면 좋겠다고 간절히 생각했다. 아무라도 좋으니 제발 이 상황을 멈춰달라고 마음속으로 소리쳤다. 그러던 중 밖으로 보현이와 그 친구들이 지나갔다. 나는 그날따라 너무 피곤했고 한시라도 빨리 집에 가고 싶었다.

그리고 드디어 집에 갈 수 있을 줄 알았다, 보현이가 그냥 지나치기 전까지는. 보현이는 나와 눈이 마주쳤음에도 불구하고 노골적으로 내 시선을 피했다. 그러고는 단 한 번도 걸음을 멈추지 않고 그대로 가버렸다. 내가 지금 느낀 감정을 어떤 단어로 표현해야 하는지조차 모르겠다.

나는 지금 가장 믿었던 사람에게 버림받은 것 같다. 나를 신경도 안 쓰는 엄마와 아빠 사이에서 계속 지내왔던 건 보현이가 있었기 때문이다.

내게 보현이는 예전처럼 돌아갈 수 있을 거라는 희망 같은 존재였다. 내가 희망이라고 생각한 사람이 나의 희망을 무참히 짓밟아버렸다.

삼인방이 뭐라고 하는지 귀에 들어오지도 않았다. 눈물이 흘렀다. 오늘 따라 또 왜 이렇게 많이 때리는지 시야가 점점 흐릿해지고 있었다.

그때 생각했다. 더 이상은 살고 싶지 않다고.


정신을 차려보니 체육 창고 바닥에 누워 있었다. 핸드폰 불빛으로 문을 찾아 열었다. 그런데 문도 잠갔는지 꿈쩍도 하지 않았다. 아무리 죽는다고는 했지만 여기서 이렇게 죽고 싶지는 않았다. 삼인방의 뜻대로 되는 것 같아 기분이 찝찝했다. 문을 여는 것은 무리 같아 보이니 다른 나갈 곳을 찾기로 했다. 저 구석에 높이가 내 가슴 정도 되는 창문이 하나 있었다. 다행히 두껍지도 않았고 오래돼 보이는 듯했다. 의자를 들어 유리창에 세게 내리쳤다. 조금씩 금이 가는 것을 보고 몇 번이고 반복했다. 수십 번을 내리치자 작은 유리 파편이 되어 여기저기로 튀었다. 창틀에 있는 유리 파편을 치우고 창문을 넘어 밖으로 나왔다.

밖은 정말 어두웠다.

"학생, 거기서 뭐 하는 거야?"

우리 학교 경비원 아저씨다. 창문 깬 소리가 크긴 컸구나…….

"뭐 하는 거냐니까? 왜 이 시간에 거기서 나와?"

"아, 제가 창고에서 깜빡 잠들어서요. 그럼 안녕히 계세요."

일을 크게 만들고 싶지 않아 대충 변명하고 그 자리에서 빠져나왔다. 집에 아무도 없길 바랐다. 지금 꼴이 말이 아니라서 절대로 그 누구에게도 보여줄 수 없다.

집에는 아무도 없었다. 엄마나 아빠는 그렇다 쳐도 보현이는 집에 있어야 할 시간인데 아직 오지 않아서 좀 이상했다. 어찌 됐든 아무도 없어서 다행이다. 누가 오기 전에 서둘러 씻고 상처가 보이지 않게 긴 옷으로 갈아입었다. 물을 따라 마시고 방에 들어가려는데 현관문 열리는 소리가 났다. 보현이가 왔다. 나를 버리고 가놓고는 자기는 친구들과 놀고 왔나 보다.

"어디 갔다 왔기에, 이리 늦었어?"

"어? 아, 그냥 친구들이랑 있다가 왔어……."

"흐음, 그래."

당연히 그러셨겠지. 이제 나 따위는 신경도 안 쓸 텐데, 뭐. 방에 들어와 유서를 썼다. 사실 거창하게 유서라기보다는 완전히 떠나기 전에 전하는 편지 같은 거라고 하는 게 맞을 거다.

편지는 총 세 개를 썼다. 하나는 봄이에게, 하나는 할아버지께, 하나는 가족들에게. 봄이에게 전해줄 것만 가방에 챙기고 나머지 두 개는 내 책상 위에 올려놓았다. 내 방에 들어왔을 때 볼 수 있게끔.

'봄이에게.

우리가 서로 알게 된 지는 그렇게 오래되지 않았지만 그 짧은 시간 동안 너를 만나 정말 기뻤어. 죽기 전에 나에게 좋은 추억을 남겨줘서 정말 고마워. 나는 이제 네 곁에 없겠지만, 네 말대로 우린 평생 친구일 거야. 너의 미래에 내가 있었으면 좋겠다고 생각했지만, 그럴 일이 없게 되었으니 내가 없는 너의 미래 또한 열심히 응원할게. 또 그 삼인방이 너를 괴롭히면 보현이한테 말해. 내가 다 손을 써놨어. 너무 많이 슬퍼하지 말고, 내가 너무 좋다고 나를 따라오지도 말고, 많이 울지도 마. 조금은 먼 곳에서 항상 널 지켜보고 있을게. 잘 있어.'

'할아버지께.

할아버지, 저 보언이에요. 효도도 제대로 못하고는 이렇게 먼저 가버려서 죄송해요. 할아버지는 집에서 저의 유일한 버팀목이 되어주셨어요. 정말 감사해요. 제가 어렸을 때 저를 돌봐주시며 그리운 눈으로 할머니 얘기를 해주셨던 것들 다 기억하고 있어요. 할머니는 제가 먼저 만날게요. 맨날 외롭게 집에만 계시지 마시고, 산책이나 하면서 노인정도 가끔 들르세요. 말동무도 만들고, 건강도 잘 챙기세요. 제가 없다고 너무 슬퍼하지 마세요. 저는 어디 가지 않고 할머니 찾아서 잘 지내고 있을게요. 그러니 할아버지는 서두르지 마세요. 사랑해요.'

'가족들에게.

나의 죽음이 당신들에겐 어떤 의미일지 모르겠네요. 엄마, 오빠의 것을 다 뺏어 태어난 내가 죽어서 속이 후련한가요? 아니면 오빠에게 내가 뺏은 걸 돌려주고 죽었어야 하는데 하고 아쉬운가요. 할아버지와는 따로 살지만 외로우실 테니 자주 연락해주세요. 태어나서 행복한 일은 별로 없었지만, 그래도 낳아주셔서 감사해요. 제 납골당에는 소라 껍데기와 어릴 때 바다에서 찍은 사진 좀 갖다 놔주세요. 부탁드릴게요. 지금 이 편지를 읽으며 어떻게 생각하실지 모르겠지만 만약 저에게 미안하다면 용서해드릴게요. 그러니 제가 살지 못한 인생까지 잘 살아주세요.'

일부러 집에서 일찍 나왔다. 오늘은 평소보다 한 시간이나 일찍 일어났다.

"학생!"

학교에 들어서서 교실로 가는 중에 누가 날 불러 세웠다.

"네?"

"혹시 학생 이름이 하보연이야?"

"네, 그런데요……."

그건 갑자기 왜 물어보시지?

"역시 그랬구먼. 아니 어제 학생을 찾는다고 하보현이라는 학생이 왔었거든. 그래서 그 학생은 아까 집에 갔다고 말해줬지. 뛰어다녔는지 숨이 차 보이더라."

"아, 네……. 알려주셔서 감사해요."

어제 다시 왔었구나.

하지만 너무 늦었어. 이미 모든 게 뒤엉켜버렸는 걸. 이미 마음을 먹은 나한테는 큰 의미 없는 얘기였다. 옥상으로 가기 전에 우리 반에 들렀다. 봄이 책상 서랍 안에 편지를 넣고 옥상으로 올라갔다. 옥상 난간에 걸터앉아 아래를 보니 이 높이에서 떨어지면 이번엔 정말 죽을 거라는 생각이 들었다.

차갑게 불어오는 바람이 나를 스쳐 지나갔다. 대부분의 사람들이 지금이 힘든 사람들에게 지금만 지나면 좋은 날이 올 것이라고 말한다.

어떻게 그렇게 쉽게 좋은 날이 올 거라고 확신할 수 있는가. 아니, 그것은 둘째 치고 지금을 좋은 날로 바꿔줄 생각은 할 수 없었던 걸까.

나와 같은 선택을 한 사람들에게는 공통점이 있다. 우리 모두는 지금이 힘들다. 더 이상 살아나갈 자신이 없을 때 우리는 삶을 포기한다. 오지도 않은 미래에 희망을 걸고 지금을 견뎌내기에는 너무 아프기 때문에 나는 그들에게서, 이 세상에게서 완전히 이별을 고한다.

등교 시간이 가까워오자 정문에는 애들이 많아졌다. 한 명이 나를 발견하자 내 밑으로 점점 아이들이 모였다. 아이들이 모여 있는 걸 보자 선생님들도 한두 분씩 나오신다. 선생님들은 나보고 어서 내려오라고 했다. 지금 내려오면 혼내지 않고 봐준다고 했다. 통하지도 않는 우스운 협박이었다. 지금 나에게는 벌점이니 성적이니 따위는 하나도 중요하지 않았다.

문득 바라본 하늘은 맑고 푸르렀다. 하늘의 속내는 누구도 알 수 없다. 화창한 날씨 뒤에 언제 먹구름을 숨기고 있을지 모르며, 추적추적 내리는 비 뒤에 언제 따스한 햇살을 숨기고 있을지 또 모른다. 꼭 사람의 마음 같다. 웃는 얼굴로 슬픈 얼굴로 무슨 생각을 할지 내가 어떻게 알 수 있겠는가. 저 밑에 있는 아이들조차도 지금의 나를 보고 뭐라고 생각하고 있을지 알 수 없는데. 정말 내가 죽었으면 좋겠다고 생각하고 있을까. 아니면 누군가는 나에게 한 짓을 후회하고 있을까. 설마, 그 누가 그러겠어.

한 5분 정도 지났나, 저기 봄이가 보인다. 오늘도 지각이구나. 이제야 정문을 지났다. 그러고는 사람이 몰려 있는 걸 발견한 것 같다. 자연스레 위를 올려다본다. 나와 눈이 마주쳤다. 놀란 얼굴로 이쪽으로 뛰어온다. 나는 자리에서 일어났다. 일어나서 아래를 보니 앉아서 보던 것보다 높아 보이고 갑자기 죽는 게 무섭다는 생각이 들었다.

계단 쪽에서는 나를 부르는 봄이의 목소리가 들렸다. 이제 그 목소리조차 못 들을 거라고 생각하니 괜히 서러웠다. 내가 뭘 잘못했기에 이런 상황까지 온 걸까 싶었다. 엄마라면 이렇게 얘기했을 것이다.

'그야 당연히 네가 보현이의 것을 뺏어 태어난 게 잘못이지.'

저기 멀리서 정문 쪽으로 걸어오는 보현이가 보였다. 평소에는 잘하지 않던 지각을 했다. 보현이도 옥상에 있는 나를 발견했다. 당연한 건가? 그때, 봄이가 옥상문을 열고 들어왔다.

"하보연! 너 지금 여기서 뭐 하는 거야? 나 진짜 화내기 전에 빨리 내려와."

"이쪽으로 오지 마! 오면 뛰어내릴 거야."

미안해. 네가 가까이 오면 내 마음이 약해질 거야. 그러니까 다가오지 마.

"보연아, 내려와서 얘기해. 거긴 너무 위험하잖아."

"봄아, 여기는 하나도 위험하지 않아. 오히려 저 사람들이 더 위험해. 나한테는 저기가 더 위험한 곳이야."

봄이가 제발 내려오라고 소리쳤다.

사실 조금 흔들렸다. 내가 이 정도로 힘들었단 걸 알았으니 나에게 더 잘해주지 않을까 하고 생각했다.

하지만 보현이를 떠올리고는 다시 한 번 굳게 결심했다. 보현이는 얼빠진 얼굴로 아까 그 자리에 그대로 서 있었다. 나를 말리러 이곳으로 올 용기조차 없던 것이다. 나를 위해서 그 정도의 용기조차 못 낸 거다, 하보현은.

"봄아, 교실에 가서 책상 서랍 안에 편지 꼭 봐. 네게 하고 싶었던 말은 다 거기 적어놨어."

"알았어. 그거 꼭 볼 테니까 제발 그만 내려오면 안 돼……?"

나는 고개를 가로저었다. 아니야, 봄아. 더는 아니야. 더는 살고 싶지 않아. 한 발자국씩 앞으로 걸어 나갔다. 일순간 몸이 붕 뜨는 느낌이 들었다.

나의 세계가 다채로워질 수도 있을 거라는 생각은 헛된 희망에 불과했다. 결국 나는 꽉 막힌 섬 안에서 죽음을 택했다.

내 몸이 바닥에 닿으면서 사람들의 비명소리가 귀를 울렸다. 한순간에 몸에 힘이 쭉 빠졌다. 힘이 들어가지도 않았다.

아프다. 아프다. 아프다. 아프다…….



나의 존재를 싫어한 사람, 아껴준 사람, 그 모두에게 고한다.



안녕.

작가의 말

이 글을 쓰면서 독자들에게 차별받는 보연이의 감정선을 가장 잘 보여드리고 싶었는데, 전달이 잘 되었을지 한 번 여쭤보고 싶습니다. 사실 원래의 결말은 보연이가 극복하고, 행복하게 잘 사는 해피엔딩이었습니다. 결말을 바꾼 이유는 이 결말이 사람이 차별받을 때 얼마나 힘들고 어떤 감정을 갖게 되는지 더 잘 알려드릴 수 있을 거라고 생각했기 때문입니다. 이 글이 현재 보연이와 비슷한 상황에 처해계신 분들께 조금이나마 위로가 되었으면 좋겠습니다.

어떤 방법으로도 혼자서는 해결할 수 없는 일이 있으시다면 누군가에게 얘기해보세요. 만약 보연이가 보현이나, 봄이에게 힘들고 지친다고 털어놓았다면 이야기가 더 좋은 쪽으로 흘러가지 않았을까요? 누군가에게 털어놓기만 해도 고민이었던 상황은 한결 나아질 수 있답니다. 끝으로 이 글을 쓰면서 많은 도움을 주신 임장미 선생님께 감사하다는 말씀을 드리고 싶습니다. 또 이야기를 어떻게 이어나갈지 고민하고 있을 때 도움을 준 이지수, 유하은 친구와 함께 고민하며 글을 완성한 자작나무반 친구들에게도 고맙다는 말을 전하고 싶습니다.

오글거리는 글 봐주셔서 감사합니다.

# 시리우스 별처럼 빛나는 나의 삶

박영채

# 1장] 소개

삐리릭- 삐리릭-

"일어나! 알톰!"

알톰이 살고 있는 곳은 시리우스별이다. 알톰의 엄마인 룰라는 알톰을 깨웠다. 이 별은 다른 행성들에 있는 분들과 연락을 하기도 하고 자가용을 타고 여행을 가기도 한다. 다른 행성 사람들은 알톰이 살고 있는 곳을 별이라고 한다.

다른 행성 사람들은 별에서 생명체가 산다는 것에 정말 신기해했고, 소중한 존재라고 아주 옛날부터 여겨왔다.

알톰은 17살이고 가족은 아빠, 엄마, 누나, 남동생, 여동생이다.

지금 알톰은 어떤 것을 하고 싶은지 어떤 것에 흥미가 있는지 하나도 모른다.

"알톰 빨리 학교 가야지! 어서!"

룰라는 여전히 알톰에게 잔소리가 심하다.

"에헤이, 그만 좀 해. 아침부터 뭐 하는 거야, 정신없게."

알톰의 아빠인 포카는 여전히 여유를 즐긴다.

"야! 나 어때? 안 이상해? 어? 말해봐, 어서. 조니가 날 볼 수도 있잖아! 응? 괜찮아?"

"응, 아니야."

"에이씨."

알톰의 누나인 랠리는 여전히 조니를 좋아한다. 알톰은 랠리를 보면 바보 같다는 생각이 든다. 그 이유는 조니는 랠리를 소중한 친구로만 생각을 하는데 랠리 혼자 짝사랑하기 때문이다.

"형, 놀아줘!"

"오빠, 놀아줘!"

역시 알톰의 동생들도 여전히 시끄럽다.

　이렇게 활기차고 긍정적인 우리 식구들은 한편으로는 안 좋기도 하지만 그래도 한 가지 부러운 점이 있다. 그것은 자신이 원하는 일을 위해 노력하는 것이고 그로 인해 하루하루가 기대되는 그런 마음이 부럽다.

　나는 뭔가 진정으로 하고 싶은 일이 없다. 어른들은 아직 나이가 어려서 그러는 거야, 라고 하시면서 나중에 커서 생각해 보면 된다고 그러신다. 아이들도 당연히 그렇다는 듯이 지금은 학업에만 신경 쓰고 자신이 하고 싶은 일에 대해서는 생각하지 않는다. 주변 친구들도 대부분 다 그래서 난 요즘 따라 이별에 살기가 싫다는 말이지.

　알톰은 학교에 가서 시험 준비를 하고 있었다. 근데 알톰에게 말을 건 친구가 있었다. 그 친구는 로이였다.

　"야, 알톰! 내일이 시험이야. 어떡해! 진짜 나 이번 시험 잘 봐야 하는데……."

　알톰은 생각했다.

　'역시 다들 학업에만 신경 쓰네.'

　알톰이 로이에게 말했다.

　"그런 거에 너무 신경 쓰지 마. 열심히 하면 잘 나와."

　"그렇지만……."

　학교에 가면 이런 애들이 많다. 알톰은 항상 아침에 일어나면 학교, 집, 학원, 집. 이렇게 반복한다. 어느 순간부터 알톰은 반복적인 삶에 의욕이 안 생기고 너무 재미가 없었다. 새로운 경험도 해보고 싶었지만 그럴 용기가 나지 않고, 학교-학원-집이라는 공간에 시간을 낭비하는 것이 알톰은 너무 싫었다.

　학교가 끝나고 집으로 가는 길에 한 건물을 봤다. 항상 있던 건물이지만 알톰은 왠지 오늘 따라 눈을 뗄 수 없었다. 그 건물은 다른 건물들과는 디자인이 매우 달랐다. 그것은 알톰의 호기심이 생겨 그 건물에 들어가기로 결심했다.

# 2장] 호기심

띠리링-

알톰이 들어간 건물은 카페였다.

"어서 오세요."

카페 주인이 알톰에게 말했다.

"무슨 일로 오셨죠?"

카페 외부의 디자인은 독특했지만 안에 들어간 순간 내부의 디자인이 더 독특했다. 카페 주인은 알톰의 그런 기분을 알아차린 듯이 말했다.

"가게의 내부가 좀 특이하죠? 저는 취향이 독특해서……."

알톰이 말했다.

"그러네요. 많이 독특하네요. 주문해도 될까요?"

알톰은 메뉴를 보고 아이스초코를 주문했다. 알톰은 아이스초코를 마시면서 가게를 눈으로 스캔했다.

'여긴 손님이 한 명도 없네. 장사가 잘 안 되나? 건물 디자인 보면 들어올 법한데.'

알톰이 카페 주인에게 말했다.

"저기, 손님이 별로 없네요."

카페 주인이 웃으며 말했다.

"이 시간 때는 손님이 별로 없어요. 여기 오시는 분들은 다 직장인이니깐요. 아! 그러고 보니 어린 손님이 오신 건 처음이네요."

"아 그래요?"

카페 주인은 알톰의 표정을 보며 말을 건넸다.

"표정이 안 좋네요. 설마 제가 무슨 실수라도 했나요?"

알톰이 말했다.

"아! 아뇨. 제가 중요한 고민이 있는데 갑자기 생각나서."

"혹시 괜찮다면 저한테 말할래요? 여기는 카페 겸 손님들의 고민을 들어주는 곳이거든요."

알톰은 주저하다가 결심한 듯 말했다.

"사실, 저는 제가 뭘 하고 싶어 하는지 잘 모르겠어요. 앞으로 뭐가 되고 싶은지 장래희망이 없어서 고민이에요."

"음, 장래희망은 자기의 적성에 맞는 일을 하는 게 좋잖아요. 혹시 취미나 특기 적성에 맞는 게 있나요?"

"아니요, 없어서 더 문제에요."

"취미나 특기적성에 맞는 것을 찾아보려면 일단 여러 가지 경험을 해보고 찾는 게 좋은 방법이라고 생각해요. 그럼 여행을 떠나 여러 가지를 보고 느끼면서 경험하는 건 어때요?"

알톰은 그 말을 듣고 잠시 고민을 했다.

"다른 지역을 다니면서요?"

"아니요! 우주에 있는 다른 행성으로 여행을 가는 거죠."

알톰은 당황하며 말했다.

"그렇지만 위험하지 않나요? 그리고 전 학교랑 학원도 가야 되는데……."

"지금 제 말을 듣고 여행을 가고 싶다는 마음이 조금이라도 있다면 그 마음을 활짝 열어 용기를 내보세요. 지금 보니 학생이라면 충분히 할 수 있을 것 같은데요. 만약 여행하고 싶은 용기가 생기면 다시 이곳으로 오실래요? 제가 도와줄게요."

알톰은 가게를 나왔지만 카페 주인의 말이 계속 머릿속에 맴돌았다.

# 3장] 생각

"알톰 학생, 알톰 학생! 무슨 생각을 하는 거니? 페이지 107쪽 읽으세요. 그리고 끝나고 따라와요!"

알톰은 선생님을 따라 교무실로 갔다.

"알톰, 지금 넌 17살이야. 수업에 집중을 해야지. 이번 시험 점수도 떨어졌는데 나중에 뭐 할 건지는 생각을 해봤니? 어머니께 전화할 테니 그렇게 알고 있어라."

"네……."

알톰은 학교가 끝나고 집으로 가니 엄마가 알톰을 보며 말했다.

"알톰, 엄마랑 잠깐 대화할 수 있겠니?"

"네."

"알톰, 학교에서 전화받았다. 이게 뭐니? 정말 엄마 실망시킬래? 갑자기 왜 그래. 이제 좀 있으면 17살이고 성인이야. 그럼 어른답게 행동을 해야지, 아직 뭐하고 싶은지 생각도 안 하는 거니? 정말 실망스럽구나. 성적도 많이 떨어지고 어휴……."

옆에 있던 랠리도 알톰에게 말했다.

"엄마 말씀이 다 맞아. 나를 봐, 얼마나 열심히 하고 있는데."

"그래 알톰, 누나 말이 다 맞아 책임감 있게 열심히 하는 거 봐봐. 옆집에 사는 호니는 성적이 많이 올랐다고 그러는구나. 호니가 성적이 오르는 동안에 넌 내려가기만 하고 아빠가 아시면 얼마나 속상해 하실지 생각해 봤니?"

알톰은 참다못해 결국 폭발하고 말았다.

"하, 진짜 자꾸 호니, 호니! 호니가 좋으시면 호니네 엄마 하세요!"

"어머나, 세상에나. 너 엄마가 그렇게 가르쳤니? 너 요새 왜 그러니?"

"아, 왜 저한테만 그러세요? 저도 사람이에요. 기계가 아니라고요!"

그렇게 소리친 알톰은 집을 뛰쳐나왔다. 방안에 있으면 자존심에 상처가 날 것 같아서였다. 알톰이 생각했다.

'왜 나한테만 그러는 거지? 정말 이해가 안 되고 너무 짜증 나. 이런 삶은 싫어. 이렇게 살려고 태어난 것도 아닌데 정말 억울해. 매일 공부, 공부. 이 별에서 살기는 싫어……'

'아! 그래!'

# 4장] 용기

띠리링–

"안녕하세요."

카페 주인은 마치 알톰이 오길 기다렸다는 듯이 말했다.

"드디어 왔군요. 이제부터 새로운 경험을 하는 거예요. 먼저 우주선을 드릴 게요. 이걸 타고 우주여행을 하시면 돼요. 그리고 여행을 하다가 혹시 다른 행성에 지낼 때 돈을 사용해야 되잖아요? 그럴 때 그 행성에 맞게 돈을 환전 할 수 있는 기능이 우주선에 있어요. 만약 환전하고 싶다면 언제든 우주선을 이용하세요."

알톰은 카페 주인을 보며 생각했다.

'근데 무슨 돈이 있다고 우주선까지 있어? 정체가 뭔지 궁금해. 물어봐야 겠어.'

"저기, 근데 그쪽은 정체가 뭐에요? 그리고 우주선은 어디서 났고……. 혹 시 마법사라도……."

"하하– 그건 나중에 돌아와서 알려드릴게요."

"그럼 전 이제 어떡하죠? 학교 빠지면 큰일 나요. 학교도 가야 되고 수업진 도도……. 그리고 가족들이 많이 걱정하실 거예요."

"걱정하지 말아요. 제가 알아서 다 해결할게요."

"하지만……."

"어서, 늦겠어요. 빨리 가세요."

"그럼 저희 엄마께 잘 말해주세요!"

그렇게 해서 알톰은 시리우스별을 떠났다.

알톰은 시리우스별을 떠나 어떤 행성으로 갈지 고민을 했다. 근데 갑자기

기계 목소리가 들렸다.

"안녕하세요, 피티12입니다. 저는 이 우주선을 전체적으로 총괄 지휘하고 있습니다. 궁금한 것이 있으면 저를 불러주세요."

"그래, 피티12 잘 부탁해."

우주선은 갑자기 붕 떠 어떤 큰 원 안에 들어가서 어딘가로 빨려 들어갔다. 그 후로 알톰은 정신을 잃었다.

"으윽- 여긴 어디지?"

시간이 지나고, 알톰은 정신이 들어 눈을 떴다.

"피티12, 아까 그 원은 뭐야?"

피티12는 말했다.

"그것은 블랙홀이었습니다."

이때 눈에 보이는 행성, 알톰은 이렇게 아름다운 행성은 인생에 처음인 것 같았다.

"피티12, 이 행성에 생물체가 살아?"

피티12는 말했다.

"지직- 네 이 행성 이름은 지구, 태양계의 행성이죠. 이 지구는 유일하게 태양계 행성들 중 생물체가 존재한답니다."

피티12는 지구에 대해 알톰에게 자세히 알려줬다.

알톰은 피티12 말을 듣고 지구라는 행성에 대해 흥미가 생겼다.

"좋아. 이 행성이야!"

# 5장] 위기


"피티12, 지구로 착륙 준비해."

"네. 알겠습니다. 착륙 준비. 80퍼센트, 100퍼센트 착륙.'

부우우웅- 슉슉슉- 텅컹텅컹-

우주선에 문제가 생겼다.

"윽……! 피티12 갑자기 무슨 일이야!"

"엔진 쪽이 고장 났습니다."

"어째서?"

피티12는 말했다.

"아마 블랙홀에 빠지면서 엔진에 무리가……. 빨리 탈출해야 됩니다."

"으윽……. 어떡하지."

알톰은 허둥지둥했다.

"시스템 종료 전 70퍼센트, 90퍼센트, 100퍼센트……! 시스템 종료."

알톰은 당황했다.

"이런."

삐용삐용-

"빨리 여기서……!"

쓰수웅 펑!-


**시간이 지나고**

"음, 여긴 어디지?"

알톰은 시간이 얼마나 지났는지 몰랐다. 전자시계를 보니 다행히 하루밖에 안 지났다. 알톰은 우주선에서 나왔다.

우주선이 착륙한 곳은 산이었고 이미 어두운 밤이 찾아왔다. 알톰은 밤하늘을 보고 기분이 좋았다.

"여기가 바로 지구라는 곳이구나! 정말 신기해. 우주에서 본 모습하고는 또 다른 모습인데? 하늘도 아름답고 공기도 좋고. 우리 시리우스별에 있는 별들보다는 별이 많진 않지만, 일단은 우주선은 안트비리어를 작동하고 홀을 설치해야겠다."

※ 안트비리어 : 물체를 투명화시키는 것.
※ 홀 : 개인 미니하우스.

## 다음날

삐삑 삐삑—

알람이 울렸다.

"아, 일어나기 싫어. 하지만 지구가 어떤 곳인지 알아봐야 돼. 여기에 놀려고 온 게 아니니깐."

알톰은 산에서 내려와 길을 걸었다. 그러다가 처음으로 지구에 사는 사람을 만났다.

알톰은 가슴이 뛰면서도 한편으로는 겁이 났다. 그 이유는 학교에서 다른 행성으로 갈 때 암살당할 수도 있다고 수업시간에 배웠기 때문이다.

"조심해야겠어. 한 눈 팔다가 암살당해서 낯선 행성에서 죽을 수도 있으니깐."

다짐을 한순간, 알톰 앞에 어떤 여자아이가 뛰어 들었다.

# 6장] 만남

다다닥- 쿵!-

"아야⋯⋯."

알톰과 부딪힌 사람은 여자아이였다.

티니는 아르바이트하는 시간에 늦어서 뛰어가고 있었다.

알톰은 티니가 뒤로 넘어지려고 할 때 티니를 감싸 안으며 잡아주었다. 티니는 그 순간 남자아이의 얼굴을 보았는데 63빌딩처럼 높은 코와 사람을 사로잡을 매혹적인 눈방울 피부 색깔은 커피우유처럼 까맣지 않은 적당한 살구색이었다. 그냥 한마디로 잘생겼다. 알톰이 말했다.

"너 뭐야, 눈 똑바로 보고 다녀."

"죄송합니다."

"괜찮은 거야?"

"네, 저는 괜찮아요."

티니는 알톰의 얼굴을 계속 보았다. 그 이유는 잘생긴 건 둘째 치고 너무 매력적인 얼굴이었기 때문이다. 마치 갤럭시 같았다.

"갤럭시."

"갤럭시? 뭐야 처음 본 사람한테 갤럭시라니, 정말 어이가 없군."

"앗! 정말 죄송합니다. 제가 급한 일이 있어서 정말로 감사합니다."

"진짜로 어이없네."


**다음날**

알톰은 지구를 구경하기 위해 홀 밖으로 나갔다. 지구는 정말로 시리우스

별이랑 흡사했다. 이제 점심시간이 다가왔는지 배속에서 배꼽시계가 울렸다.

"배고파."

알톰은 밥을 먹기 위해 음식점으로 갔다.

"어서 오세요, 호날두입니다."

'이름 한번 특이하군.'

알톰은 계산대로 가서 음식을 시키려고 했다. 메뉴를 보니 종류가 정말로 다양했다.

점원이 말했다.

"고르셨나요?"

"네, 게살 버거 세트 주세요."

그때 어색한 공기가 흐르는 동시에 점원이 말했다.

"손님, 계산을 하셔야 게살 버거 세트를 드실 수 있어요."

알톰은 돈을 가지고 있지 않았다. 그래서 가게에서 버거를 사 먹지도 못하고 밖에 나와 길에서 방황하게 되었다.

마침 티니는 아르바이트가 끝나 집으로 가는 길에 알톰을 봤다.

"갤럭시다."

티니는 알톰 쪽으로 걸어가 말을 걸었다.

"갤럭시, 여기서 뭐 해요?"

알톰은 티니를 보며 기억을 다듬었다.

티니는 알톰에게 말했다.

"저 기억 안 나세요? 아까 부딪쳤던 사람이잖아요."

그때 알톰은 기억이 났다. 그러고선 티니에게 말했다.

"기억났어, 나보고 갤럭시라고 했던⋯⋯."

티니는 기뻐하며 말했다.

"네! 맞아요."

티니는 아까 했던 질문을 알톰에게 다시 했다.

"근데 여기서 뭐 하시는 거예요?"

알톰은 검지를 호날두 가게를 가리키며 말했다.

"저기서 게살 버거 세트를 사 먹으려고 했는데 돈이 없어서 못 사 먹었어."

티니는 밥을 못 먹은 알톰이 좀 불쌍해 보였는지 알톰에게 밥을 사주기로 결심했다.

"그럼, 제가 밥 사줄까요?"

알톰은 그 말을 듣고 약간의 고민을 했지만 티니를 따라가겠다는 결심을 했다.

"그래, 뭐 밥만 사준다면⋯⋯."

그렇게 해서 티니는 알톰이랑 밥을 다 먹고 길을 걸어가고 있는데 알톰이 티니에게 말했다.

"오늘 고마웠어."

티니는 그 말을 듣고 기분이 좋아졌다. 티니는 알톰에게 말했다.

"고마우면 이름 알려줘요."

알톰은 티니의 말을 듣고 당황했지만 밥도 사준 것도 있어서 고마운 마음에 티니에게 알려주기로 했다.

"내 이름은 알톰이야."

티니는 알톰이 소개하는데 너무 귀여워 보였다.

"난 티니야, 만나서 반가워."

티니는 알톰과 헤어지기가 아쉽다는 생각이 들었다. 티니는 알톰을 좀 더 알고 싶어서 물어보기로 했다.

"알톰, 혹시 토요일에 시간 있어?"


**토요일**

알톰은 티니랑 만나기로 했다. 알톰은 티니를 만나기 전에 생각했다.

'분명히 티니랑 만나면 티니가 돈을 쓰게 될 거야. 그럼 저번처럼 얻어먹게 될 거 아니야? 오늘은 구질한 모습을 보이기는 싫어. 하지만 내가 지금 가지고 있는 돈이랑 지구 돈이랑 다른데 어떡하지?'

그때 알톰은 우주선에 환전할 수 있는 기능이 있다는 것을 생각해냈다.

'그래, 시리우스별을 떠나기 전에 카페 주인이 환전할 수 있는 기능이 우주선에 있다고 했어!'

알톰은 바로 우주선에 달려가 돈을 환전했다.

티니는 약속 장소에 알톰을 기다렸다.

그때 알톰이 약속 장소에 도착했다.

알톰은 티니에게 말했다.

"많이 기다렸어?"

"아니야, 나도 금방 왔어."

길을 걷다가 알톰은 생각했다.

'근데 티니는 왜 날 만나자고 한 거지? 궁금하네. 물어봐야겠다.'

"티니, 나 궁금한 게 있는데 물어봐도 돼?"

"응."

알톰은 티니에게 말하려고 할 때 둘 앞에 뛰어가고 있는 여자아이가 넘어졌다. 그 여자아이는 울었다. 티니는 여자아이에게 다가갔다.

"괜찮아? 많이 아프겠다. 울지 마. 언니가 상처 난 거 치료해줄게."

티니는 넘어진 여자아이를 벤치에 앉히고 가방에 밴드와 후시딘을 꺼냈다. 알톰은 티니가 넘어진 여자아이를 치료해주는 모습을 보며 생각했다.

'티니는 착하구나. 뭔가 새로운 모습인데?'

그렇다 알톰은 티니에게 약간 호감이 갔다. 그 사이에 티니는 여자아이를 치료해주었다. 여자아이는 티니에게 말했다.

"치료해줘서 고마워요."

티니는 웃으며 말했다.

"그래, 앞으로는 조심히 다녀."

여자아이와는 헤어지고 알톰과 티니는 벤치에 앉아 얘기를 했다.

"티니 너에게 이런 면이 있을 줄은 정말 몰랐어."

"여자아이를 보니깐 내 동생이 생각이 나서 치료해준 거야."

"동생이 있어?"

"응, 여동생, 남동생이 2명 있어."

알톰은 티니가 동생이 있다는 말을 듣고 반가웠다.

"신기하네. 나도 아래로 남동생, 여동생 있거든."

"우리 비슷한 면이 있네."

알톰과 티니는 가족 얘기로 이어갔다. 티니가 말했다.

"넌 가족이 다들 행복해?"

알톰은 티니가 말하고자 하는 의도를 파악하지 못 했다.

"당연히 다들 자기가 하고 싶은 걸 하면서 지내니깐 행복하지. 우리 동생들은 내가 집에 있을 때 정말로 시끄러워."

티니의 표정은 부러움이 가득 차 있었다. 알톰이 티니에게 물었다.

"그럼 너는 행복해?"

티니는 알톰의 말을 듣고 티를 내지는 않았지만 눈이 슬퍼 보였다.

# 7장] 솔직함

티니는 말했다.

"사실 잘 모르겠어."

티니가 알톰에게 말하려고 하는 순간 티니의 가방 속에 있는 전화가 울렸다.

그 전화는 티니가 아르바이트한 곳이었다. 티니는 전화를 받았다. 알톰은 티니에게 물어봤다.

"누구야?"

"내가 아르바이트하는 가게인데, 원래 오늘은 다른 사람이 하는 날인데 안 와서 내가 대신해야 된대."

"아르바이트하는 곳까지 데려다줄게."

알톰은 티니가 아르바이트하는 곳까지 데려다주고 티니가 서빙하는 모습을 밖에서 봤다.

알바가 끝나고 티니는 집에 가려고 가게에서 나왔다. 티니가 집 갈 때는 저녁쯤이었다. 알톰은 티니가 일하는 가게 앞에서 끝날 때까지 기다렸다. 티니는 알톰을 보고 말했다.

"아직 집에 안 갔어?"

"응, 너 이렇게 힘든 일을 왜 해?"

알톰이 티니에게 물어봤다. 티니는 웃으며 말했다.

"당연히 먹고살려고 하는 거지."

"먹고살려고? 부모님이 일하시잖아."

티니는 알톰에게 밀했다.

"난 엄마 밖에 안 계셔."

알톰은 그 말을 듣고 주춤했다.

"혹시 이런 말을 미안하지만 이혼하신 거야?"

티니는 알톰의 말을 듣고 다시 말했다.

"그랬으면 좋겠네. 이혼하신 게 아니라 아빠가 출장으로 다른 지역을 가셨는데 그날은 첫눈 오는 날이었어. 근데 눈이 너무 많이 와서 길이 미끄러울 정도로 내린 거야. 우린 내일 가라고 했지만 회사에선 빨리 가라고 하는 바람에, 아빠가 출장을 가시다가 그만 교통사고로 돌아가셨어."

알톰은 티니에게 미안해졌다.

"미안, 내가 괜히 말했네."

"아니야, 괜찮아. 그래서 난 첫눈 올 때마다 아빠 생각이 나서 싫어."

"겨울이 올 때마다 힘들겠다."

"그렇지도 않아. 내가 장녀라서 동생들도 챙겨야 되고 엄마가 힘들지 않게 알바를 많이 해."

티니는 뭔가 알톰에게 말했다.

"우리 비밀 하나씩 말할래? 난 아까 말했으니깐 너 말해 알톰."

알톰은 생각했다.

'비밀을 말하자고? 나의 비밀은 지구인이 아닌 다른 별에 온 사람인데……. 티니는 이미 나에게 말했는데 내가 말 안 하면 티니는 뭔가 억울해할 것 같고 어떡하지?'

알톰은 고민 끝에 말하기로 결심했다.

"그래, 말할게. 너무 놀라지 마."

"알겠어. 어서 말해봐."

"사실은 난 지구인이 아니야."

"장난치지 마. 난 나름 진지하게 들으려고 준비했는데."

"아니 이건 장난이 아니라 진짜로 난 지구인이 아니고 시리우스별에서 온 사람이야."

티니는 놀람에 감추지 못 했다.

"그럼, 네가 외계인이라는 거야?"

"지구에 사는 사람들은 그렇게 부르긴 하지."

"에이, 내가 알고 있는 외계인이 아닌데?"

"지구인들이 착각한 게 있는데 외계인이라고 해서 대머리에다가 피부색은 이상한 색이고 희귀하게 생긴 게 외계인이라고 생각하는데 그건 선조 때에 얘기고 지금은 진화해서 지구인들처럼 비슷하게 생겼어. 그리고 지구인들보다 머리는 몇 배나 뛰어나서 기술이 얼마나 발달됐는데."

"그럼 지구인들은 바보라는 거야?"

"그냥, 그렇다는 거지, 다른 행성 눈으로 보기엔."

알톰이 티니에게 말했다.

"근데 넌 내가 외계인이라는 것보다 지구인들을 무시한 게 더 신경 쓰는 것 같다."

티니는 당황했다.

"너 진짜 외계인이구나. 내가 생각하는 걸 알 수가 있어?"

알톰은 티니가 반응한 게 너무 귀여워했다. 티니는 알톰에게 궁금한 게 생겼다.

"알톰, 근데 넌 너의 별을 두고 왜 지구로 왔어?"

알톰은 티니에게 지금 당장 말하기가 싫었다.

"내일, 내일 말할게. 오늘은 너도 피곤할 거 아니야."


**다음 날**

알톰은 티니가 일하는 곳에 기다렸다. 티니는 아르바이트를 끝내고 문 앞에 기다리는 알톰과 함께 카페로 갔다. 카페에 앉자마자 티니가 말을 꺼냈다.

"자! 그럼, 우리 어제 못 했던 얘기를 해볼까? 넌 시리우스별을 두고 왜 지구로 온 거야?"

"말하자면 복잡해, 지구에 오기 전, 난 항상 똑같이 하교하는 길에 어떤 건물이 유독 눈에 띄었어. 그래서 난 안으로 들어갔는데 가게 주인이 여행을 가보라고 했어. 맨 처음에는 고민을 했지만 가기로 결심했고 우주선을 타고 가다가 블랙홀에 빠져서 여기 지구로 와버린 거야."

"그렇구나. 근데 왜 가게 주인이 여행을 떠나보라고 너한테 말 한 거야?"

알톰은 티니의 말을 듣고 말했다.

"내가 그날은 다른 날보다 예민했거든 시리우스별에 있는 자체만으로도 싫고 답답하고 그랬는데, 가게 주인은 그게 안쓰러웠나 봐. 그래서 나한테 여행한번 가는 게 어떻겠냐고 물어본 것 같아."

알톰과 티니는 카페에 나와 각자의 집을 향해 걷고 있었다.

"알톰, 집에 가기 전에 나랑 어디 안 가 볼래?"

"어디?"

그곳은 티니가 다니는 학교였다. 티니는 말했다.

"여긴 내가 다니는 학교야."

"알아, 여기가 학교라는 거. 근데 왜 온 거야?"

"왠지 보여주고 싶었어."

티니는 알톰을 바라보며 말했다.

"알톰, 네가 카페에서 말한 거 시리우스별에 있는 자체만으로도 싫고 답답하다고 했잖아. 왜 그러는지 물어봐도 돼?"

알톰은 티니에게 말했다.

"어렸을 때는 하고 싶은 게 정말로 많았어. 호기심도 많고 여러 가지 경험도 해보고 싶다고도 느꼈고, 하지만 16살이 되니깐 생각이 많아졌어. 성적 걱정부터 내가 어떤 거에 관심이 있고, 내가 어른이 되면 과연 하고 싶은 것을 할 수 있으면서 살 수 있을까라는 생각도 들고 그런데 내 주변 사람들한테 그런 얘기들을 하면 아직까지는 진지하게 들어주는 사람이 없더라고. 그래서 답답해."

"그럼, 넌 나중에 뭐하고 싶은데?"

알톰은 잠시 머뭇거렸다.

"나도 잘 모르겠어."

티니는 알톰을 도와주고 싶었다.

# 8장] 깨달음

길을 걸어가다가 티니가 아르바이트하는 하는 모습을 우연히 보게 되었다. 알톰은 티니를 기다려 집에 같이 가기로 했다.

"알톰, 어제 네가 한 말을 생각하면서 널 도와주고 싶어졌어. 그런데 지금 당장 도와주고 싶지만 어떤 것을 해야 될지 모르겠어."

알톰이 말했다.

"그렇게 생각해준 것만으로도 고마워. 하지만 나 혼자 극복해보고 싶어."

그래도 티니는 알톰을 도와주고 싶었다.

"어렸을 때부터 뭐가 되고 싶다고 생각해본 적 없어?"

알톰은 곰곰이 생각했다. 알톰이 말했다.

"생각해보니깐 어렸을 때는 선생님이 되고 싶다는 마음이 항상 있었어. 하지만 지금은 뭔가 거부감이 들어."

"왜, 거부감이 드는 거야?"

"모르겠어. 나도."

티니는 알톰의 말을 듣고 생각했다.

'선생님이라는 직업하고 알톰의 과거에 뭔가 있는 것 같은데 그걸 어떻게 알아내지?'

생각 끝에 알톰에게 물어보기로 했다.

"알톰, 이런 말하기는 좀 그렇지만 혹시 과거에 안 좋은 일이 있어?"

"왜, 그러는데?"

"거부감을 느낀다고 했잖아. 그래서 선생님이라는 직업하고 과거에 연관이 되어 있나 해서."

알톰은 티니의 말을 듣고 생각했지만 전혀 기억이 나지 않는다. 그때 길을 걷는데 한 가게에 잔잔한 노랫소리가 알톰 귓가에 들리기 시작했다. 알톰과 티니는 그 자리에 서서 그 노래를 들으면서 많은 생각을 했다. 그때 어린 여자아이가 부모님 손을 잡고 웃으면서 길을 지나가는 걸 봤는데 갑자기 알톰 눈에서 눈물이 나온 것이다. 티니는 그걸 보고 알톰에게 말했다.

"알톰, 갑자기 왜 그래?"

"나도 왜 그러는지 모르겠어. 갑자기 마음이 아프고 어렸을 때 기억이 나. 미안하지만 오늘은 먼저 갈게."

알톰은 홀에 와서 마음을 진정시키고 잠자리에 들었다.

"여긴 꿈 속인가."

흰 배경에 알톰 혼자 서 있었다. 마치 중력이 없어 둥둥 날아가는 것 같았다. 그때 어떤 장면이 보였다.

"어……. 아빠랑 옆에 있는 여자분은 누구지?"

아빠는 어떤 여자분하고 심각한 대화를 하고 있는 장면이다. 알톰은 그 내용이 너무나 궁금했다. 알톰은 귀기울여 대화 내용을 들었다.

"여보 우리 알톰을 제발 생각해 주세요."

"이건 어쩔 수 없는 일이야, 알톰엄마."

알톰은 생각했다.

'엄마라고? 아빠 옆에 있는 분이 나의 엄마라니 이건 무슨 말이지?'

"여보, 제발요! 알톰이랑 이대로 헤어질 수 없어요. 제가 단지 마법을 사용할 수 있다는 이유로 절 버리시는 거예요?"

"미안해. 하지만 지금 당신은 나랑 있으면 위험해. 알톰이랑 있으면 더욱 위험해지고."

"절……. 사랑하긴 했나요?"

"…… 널 사랑하기 때문에 이런 말을 하는 거야. 그리고 알톰을 사랑하면어서 알톰을 놓고 가."

"알겠어요."

알톰은 꿈속의 대화를 듣고 생각했다.

'마법을 사용할 수 있다고? 그럼 혹시 호트 전쟁인가?'

호트 전쟁은 알톰이 어렸을 때에 일어났던 전쟁이다. 옛날 시리우스별에 생명체가 탄생했을 때 두 종류의 생명체가 있었다. 일반인처럼 평범한 생명체를 마인이라고 부르고, 마법을 사용할 수 있는 생명체를 토인이라고 불렀다. 마인과 토인은 각 우두머리가 있었다. 두 우두머리는 함께 어울려서 생활을 하고 있었고 마인이 어려운 일에 처해 있으면 토인은 마법을 사용해 도와주었다.

하지만 어느 순간부터 토인의 우두머리와 토인들은 마인에게 이용당하고 있다는 생각을 하게 되었고 결국, 마법으로 전쟁을 일으킨 것이다.

알톰은 생각했다.

'나에게 친엄마가 있었는데 그 친엄마는 토인이었고, 호트 전쟁 때문에 도망가신 건가?'

호트 전쟁에서 마인이 결국 승리를 했고 마인의 우두머리는 토인의 우두머리로부터 모든 토인인 들을 모두 사형시켰다고 한다.

꿈속 장면이 바뀌어 아빠와 친엄마가 알톰의 손을 잡고 웃으면서 길을 걷고 있었다.

갑자기 어두워지기 시작했다. 깜깜한 하늘에 많은 시체들이 있었다. 이때 친엄마가 어렸을 때 알톰을 보며 우셨다. 그러고선 무슨 말을 하는 것 같았다.

"알톰, 엄마는 널 절대로 버리는 게 아니야. 일이 생겨서 잠깐 어디 갔다 오는 거야. 엄마 없는 동안에 건강히 잘 지내야 돼, 알겠지?"

"엄마, 어디 가는 거야? 가지 마."

"알톰, 엄마 부탁이 있는데 들어줄래? 우리 아들 선생님 되고 싶다고 했지? 나중에 어른이 되면 선생님이 되어서 엄마 만나는 거야. 알겠지?"

"응. 약속할게."

그때 엄마를 향해 총알이 날아왔다.

꿈 장면은 거기에서 끝이 났다. 꿈에서 깨어난 알톰은 생각에 잠겼다.

'선생님이라는 직업이 왜 거부감이 느껴졌는지 이제 알겠어.'

알톰은 티니에게 말해주고 싶어 티니가 아르바이트하는 하는 곳으로 갔지만 티니는 없었다. 티니는 학교에 있었다.

"티니를 만나서 모든 것을 얘기해야 돼."

알톰은 티니가 다니는 학교에 갔다.

# 9장] 결심

"알톰, 무슨 일이야?"

"티니, 드디어 알았어. 내가 왜 거부감을 느꼈는지."

"정말?"

알톰은 꿈을 통해 돌아온 기억을 티니에게 털어놨다.

"과거에 그런 아픔 때문에 기억을 못했구나. 괜히 나 때문에 기억해서 미안해."

알톰이 티니를 보며 말했다.

"아니야, 어차피 알아야 할 것인데, 지금에라도 알아서 다행이지. 다 티니네 덕분이야. 도와줘서 고마워."

티니는 자신이 도움이 되었다는 말에 매우 기뻤다.

"그럼 이제 어떻게 할 거야?"

"이제 시리우스별에 돌아가서 모든 것을 풀어 나가야지. 노력할 거야. 그동안 정말 고마웠어. 비록 우리가 아쉽게 헤어져도 나중에는 꼭 볼 수 있을 거야."

"그래, 나중에 꼭 볼 수 있으면 좋겠다."

알톰은 지구에 지내는 동안 우주선은 다 고쳐져 있었다. 우주선을 작동시키고 티니와 작별 인사를 한 알톰은 시리우스 별의 그 카페로 다시 돌아갔다.

띠리링-

"안녕하세요. 드디어 왔네요."

알톰은 카페 주인과 함께 이야기를 나누었다. 카페 주인이 말했다.

"알톰, 여행은 좋았나요?"

"네, 중간에 블랙홀에 빠져서 지구라는 행성에서 여자아이를 만났는데 그 아이 덕분에 모든 것을 깨닫게 되었어요. 어렸을 때 잊었던 기억도 다시 찾았고요."

"정말요? 그거 다행이네요."

"근데 저 없는 동안에 가족들과 학교는……. 분명 제가 우주선 탈 때 걱정하지 마 라고 했는데."

"사실은 저는 토인입니다. 알톰 학생이 시리우스별을 떠날 때 마법을 걸어 시간을 멈추게 해놨죠."

"토인이라고요? 토인은 호트 전쟁에서 마인의 우두머리가 다 사형 시켰다고 알고 있는데요."

"호트 전쟁 후 겨우 살아남은 몇몇의 토인들이 있어요. 그 토인들에 저 또한 포함되죠. 자, 시간이 늦었네요. 부모님이 걱정하시겠어요."

"네, 이제 가야겠어요."


"알톰, 뭐 하다가 이제 오는 거야?"

알톰은 집에 도착해서 랠리를 만났다. 알톰은 랠리가 뭔가 알고 있을 것 같아서 꿈 얘기를 하기로 결심했다.

"누나한테 할 말이 있는데 호트 전쟁이라고 혹시 알아?"

"그럼. 알지. 그런데 그건 왜?"

"우리 어렸을 때 진짜 친엄마 있었대. 근데 친엄마는 토인이라서 호트 전쟁 때문에 도망 가려다가 총에 맞아서 돌아가셨대. 누나는 알고 있었어?"

랠리는 알톰을 보며 말했다.

"알톰, 너 기억하는 거야? 그래 맞아. 어릴 때 아빠와 친엄마, 너랑 나는 정말 행복하게 살고 있었어. 하지만 호트 전쟁이 일어난 뒤로 토인들은 거의 찾아 볼 수가 없게 되었지.

"누나, 나 아빠한테 가서 더 확실히 물어봐야겠어."

아빠에게 찾아가 어렸을 때 일들이 다 기억이 난다고 하면서 얘기를 꺼냈다.

아빠는 체념한 듯이 힘겹게 입을 열었다.

"알톰, 이제 너에게 다 말할 수 있는 날이 온 것 같구나. 네가 어렸을 때 나는 마인의 우두머리였단다. 너의 친엄마 메시는 토인의 우두머리였고, 원래는 메시와 같이 이야기도 하면서 사이좋게 지냈는데 서로 호감이 생겨 결혼을 한 뒤로 마인과 토인은 어울려서 생활을 하기 시작했던 거야."

"엄마는 마인의 총에 돌아가셨잖아요……."

"사실은 메시는 죽지 않았다."

알톰은 포카의 말을 듣고 놀랐다.

"그게 무슨 말씀이세요? 분명 모든 사람이 호트 전쟁에서 마인의 우두머리가 토인의 우두머리와 모든 토인인들을 모두 사형시켰다고 알고 있는데."

"모든 사람들은 그렇게 알고 있지만 사실 나는 메시를 내 손으로 죽이는 날이 올 거라는 걸 미리 알고 있었지, 그래서 전쟁이 일어나기 전에 메시에게 총에 맞아 죽은 척 연기를 하고 나중에 살아남은 토인들을 데리고 다른 행성으로 가서 지내라고 말했단다."

알톰은 아빠를 보며 말했다.

"왜 그런 얘기를 이제야 들려주시는 거죠?"

"그건 네가 어릴 때 메시가 총에 맞고 죽은 모습을 보고 큰 충격을 받아 기억을 못 해서 일부러 말하지 않았다. 너에게 그런 잔인한 기억을 다시 생각나게 해서 네가 고통 받는 모습을 보기 싫었기 때문이었어. 메시도 그걸 원치 않았고."

알톰은 아빠의 말을 듣고 당장 친엄마인 메시를 만나고 싶었다.

"저 지금 당장 친엄마를 보고 싶어요."

"그래, 학교 가는 길을 보면 신비한 건물이 있을 것이다. 거기로 가라."

띠리링-

알톰은 바로 카페에 가서 카페 주인에게 말했다.

"할 얘기가 있어요. 저는 친엄마가 있는데 그 친엄마는 토인이에요. 아저씨도 토인이라고 하셨죠? 마법으로 저희 친엄마 좀 찾아주세요."

카페 주인은 말했다.

"알톰 내가 하는 말이 못 믿겠지만 난 사실 너의 친엄마이다."

알톰은 그 말을 듣고 당황해하며 말했다.

"아저씨는 남자잖아요. 근데 어째서 저희 친엄마라는 거예요!"

카페 주인은 변장을 마법으로 풀었다. 변장을 푼 모습은 알톰의 친엄마인 메시의 모습이었다.

알톰은 믿기지 않은 듯 자신의 눈을 의심하며 소리쳤다.

"엄마 맞아요? 어떻게 처음부터 저에게 말을 안 해준 거예요?"

메시는 말했다.

"당연히 내가 분장한 모습으로 말하면 아까처럼 못 믿었을 거야. 그리고 난 네가 스스로 기억하는 걸 원했단다, 알톰."

알톰은 그 말을 듣고 울며 메시에게 달려가 안겼다.

메시는 알톰을 토닥여주며 전쟁 후에 일어난 일들을 자세히 이야기해주었다.

"알톰, 넌 나중에 뭐가 되고 싶니?"

알톰은 웃으며 말했다.

"처음 카페에 들어왔을 땐 몰랐는데 지구에 갔다 오니 이제 알았어요. 전 선생님이 될래요. 저처럼 장래희망에 고민하고 있는 학생들을 도와주고 싶어요."

# 10장] 또 다른 만남

**11년 후**

알톰은 공부를 열심히 해서 고등학교 선생님이 되었다. 고등학교에 다니는 학생들이 장래 희망에 대해 고민하고 방황할 때 도와줘야겠다는 마음으로 선생님이 된 것이다. 세상이 많이 좋아진 것 같다. 시리우스별이 드디어 태양계에 있는 행성들과 소통을 할 수 있다는 소식이 뉴스에서 들려온다.

'그 아이는 잘 지내고 있을까?'

알톰은 티니가 생각났다.

주말이 되어 알톰이 오랜만에 마을 구경을 하고 있을 때 뒤에서 귀에 익은 목소리가 들렸다.

"알톰!"

알톰은 뒤를 돌아봤다.

거기엔 티니가 밝게 웃으며 서 있었다.

이 책의 내용을 간단히 소개하면 시리우스별에 살고 있는 알톰 이라는 남자 주인공이 장래희망에 신경을 쓰게 되는데요. 그때 신비하게 생긴 건물에 들어갔는데 계기가 생겨 우주여행을 합니다. 여행을 하는 도중 블랙홀에 빠져 지구라는 행성에 도착해 지내기로 하는데 우연히 길에서 티니라는 여자 주인공을 만나서 장래희망도 찾고 어렸을 때의 중요한 기억들도 찾는 이야기입니다.

저는 어렸을 때는 4학년부터 5학년 때까지는 사진작가를 하고 싶었는데 6학년부터 중학교 2학년 1학기까진 개그우먼, 예능인이 되고 싶었지만 2학기부터는 어떤 것을 해야 될지 고민을 많이 했습니다. 실제로 알톰의 느꼈던 반복적인 일상과 이유 없이 학업에만 신경 써야됐던 세상이 너무나도 싫었지만 저희 엄마의 도움으로 제가 진짜로 하고 싶은 일을 찾았고 그것을 위해 공부를 해야 되겠다고 처음으로 느꼈습니다. 그래서 지금은 제가 원하는 쪽으로 고등학교를 가고 열심히 공부를 하고 있습니다.

시리우스별처럼 빛나는 나의 삶에 나오는 알톰과 티니는 알톰은 저고 티니는 저희 엄마를 생각하면서 내용을 많이 수정하고 했습니다. 아마 저는 저희 엄마의 딸로 만나지 못하고 다른 분의 딸로 만났다면 제가 진짜로 하고 싶은 일을 찾지 못할 거라고 생각이 듭니다. 그리고 책을 쓰라고 좋은 경험을 주신 동아리 담당 선생님인 임장미 선생님께 정말로 감사합니다.

# 우리는【마음이 자라는 自作나무】

대전가양중 책쓰기 동아리【마음이 자라는 自作나무】는 매주 목요일 5·6 교시, 총 34차시로 운영되었으며, '성장하는 책읽기, 행복돋는 책쓰기'(성장소 설로 미래를 꿈꾸고, 책쓰기를 통해 행복지수 높이기)라는 주제아래 학생의 자아를 발견하 고 올바른 가치관을 형성할 수 있는 주제를 선정하여 성장소설을 읽고 깊이 있는 토론과 책쓰기 활동을 실시하였다.

## 꾸준히, 천천히, 그리고 깊게 읽기

사전에 선정도서를 안내하고 책 한권당 4차시 이상의 독서 활동을 실시하여 학생들이 책을 천천히 읽으면서 내용을 깊이 이해하고 내면화할 수 있도록 하였다.

## 책씨앗사전 쓰기

학생들이 독서 전, 책의 씨앗인 어휘들을 직접 사전에서 찾아 의미를 이해하는 활동을 함으로써 책을 더 쉽고 깊게 읽을 수 있도록 하였다.

## 이야기꽃 피우기

책을 읽은 내용을 바탕으로 토론 주제에 맞는 자신의 생각을 자유롭게 이야기하고 경청하는 독서토론을 실시하였다.

### 책놀이

동아리 학생들이 책쓰기에 흥미를 가질 수 있도록 마인드맵, 주인공과 인터뷰하기, 편지쓰기, 신문기사쓰기, 자작시쓰기 등 다양한 책놀이를 실시하였다.

### 책쓰기 주제 및 추진계획 발표하기

자신의 책쓰기 주제와 추진계획을 구체적으로 세우고 발표하면 다른 학생들이 평가표를 작성하였다.

### 원고쓰기 및 편집하기

1~2차 퇴고를 거쳐 책쓰기 원고를 완성하고 모둠원끼리 돌아가면서 다른 사람의 원고를 읽고 수정할 내용을 적어주거나 조언을 해주었다.